오늘부터 지구인

오늘부터 지구인

첫판 1쇄 펴낸날 2025년 8월 28일

지은이 이혜빈
발행인 조한나
주니어 본부장 박창희
편집 박고은 정예림 강민영
디자인 전윤정 김혜은
마케팅 김인진 김은희
회계 양여진 김주연

펴낸곳 (주)도서출판 푸른숲
출판등록 2003년 12월 17일 제2003-000032호
주소 경기도 파주시 심학산로 10, 우편번호 10881
전화 031) 955-9010 **팩스** 031) 955-9009
인스타그램 @psoopjr **이메일** psoopjr@prunsoop.co.kr
홈페이지 www.prunsoop.co.kr

ⓒ이혜빈, 2025
ISBN 979-11-7254-567-3 44810
   978-89-7184-419-9 (세트)

* 잘못된 책은 구입하신 서점에서 바꾸어 드립니다.
* 이 책 내용의 전부 또는 일부를 재사용하려면 저작권자와 푸른숲주니어의 동의를 받아야 합니다.

오늘부터 지구인

★

이혜빈 장편소설

푸른숲주니어

차례

• ○ •

쇼쇼 ◇ 7

이상한 협상 ◆ 32

나 좀 도와줄 수 있어? ◇ 68

당신의 상상을 삽니다 ◆ 101

우리들의 꽃 ◇ 132

쇼쇼

우주에 외딴 별처럼 떠 있는 전시관에는 오늘도 외계인 손님들이 줄지어 들어섰다.

잘 다듬어진 정원을 지나면 별들이 흘러내리듯 빛나는 전시관이 모습을 드러낸다. 우주의 침묵 속에서 진한 생동감이 느껴지는 쇼쇼의 전시관은 여행 중인 외계인들이 꼭 들르는 장소였다.

단체 손님이 우르르 밀려들자 쇼쇼는 분주해졌다.

"비늘 종족이에요. 3구역 습도, 조금만 올려 주세요."

"네, 쇼쇼 님."

"5구역엔 반투명 종족이에요. 부딪히지 않게 조심!"

짧은 지시를 마친 쇼쇼는 위층 카페로 올라갔다. 다양한 생김

새의 외계인들이 줄을 서 있었다. 쇼쇼는 동료들 사이로 들어가, 주문을 받기 시작했다.

"·▸—···."

초록색 덩어리 같은 외계인이 특이한 음조로 말했다. 쇼쇼는 손목에 찬 번역기를 켰다.

은하수 크림 한 잔이요.

역시나 외계어 번역 서비스는 완벽했다.
쇼쇼는 재빨리 음료를 만들어 외계인에게 건넸다.
"감사합니다. 편안한 시간 보내세요."
쇼쇼는 한껏 미소를 지어 보였다. 미소는 우주 공통어니까. 하지만 억지로 광대를 올려 웃는다는 건 아무도 모를 것이다.
"휴······."
쇼쇼가 몰래 한숨을 쉬자, 머리 위에 달린 꽃이 축 처졌.
모든 나왈 행성인의 머리에는 꽃이 피어 있다. 그 꽃은 영혼과 연결되어 기분이 좋을 땐 활짝 피어나고, 슬프거나 우울할 땐 시들어 버린다. 나왈 행성인들 사이에서는 꽃이 좋아하는 호흡법, 꽃을 위한 명상, 꽃 심리학 같은 것들이 인기다.
땅에서 자라는 꽃이 시들면 영양제를 주면 되지만, 머리에 핀 꽃은 그런 식으로 살아나지 않는다. 오직 영혼의 상태에 따라 좌

우된다.

쇼쇼의 꽃은 언제인가부터 윤기를 잃는가 싶더니, 향기가 옅어지면서 축 처지는 날이 많아졌다. 왜 그런지는 알 수 없었다. 누군가 꽃 상태를 눈치챈다면? 비웃으며 수군거리거나, 연민의 눈으로 바라보겠지. 둘 중 뭐가 됐든 쇼쇼에겐 끔찍한 일이었다.

쇼쇼는 아침마다 꽃잎에 색을 칠하고 구부러진 줄기를 핀으로 고정했다.

'아무한테도 우울한 걸 들키고 싶지 않아.'

동료들은 쇼쇼의 낯설 만큼 아름다운 얼굴과 환한 미소를 보면서 깜빡 속곤 했다.

"쇼쇼 님, 오늘도 외모가 눈부시네요."

"너무 완벽한 거 아니에요?"

쇼쇼의 눈에는 보랏빛 초승달이 떠 있었다. 밤하늘 어딘가를 담은 듯 깊고 고요한 눈동자, 늘 흐트러짐 없이 정돈된 은빛 머리카락, 광채를 내뿜는 말간 피부. 거기에 즐겨 입는 반짝이 옷은 쇼쇼를 더욱더 매력적으로 보이게 했다.

하지만 쇼쇼는 알고 있었다. 자신의 꽃이 점점 못나게 시들어 간다는 걸. 그걸 들키지 않으려고 더 반짝이는 옷을 입고, 더 완벽한 모습으로 자신을 감췄다. 그럴수록 마음은 연료가 줄줄 새어 나가는 기차 같았지만.

전시관은 쇼쇼가 우주 명문 학교를 졸업한 뒤 모든 걸 걸고 만든 곳이었다. 1층에서는 여러 행성에서 온 신기한 작품들을 전시했다. 살아 있는 생물처럼 숨 쉬는 의자가 있는가 하면, 눈물을 뚝뚝 흘리는 조각상도 있었다. 그 조각상 앞에 외계인 손님들이 한참을 멈춰 서 있곤 했다. 그 외에도 온갖 경이로운 것들로 가득했다. 2층 카페에선 은하수를 바라보며 음료를 마실 수 있었다.

얼마 전에는 쇼쇼의 친구들이 놀러 왔다.
"쇼쇼! 보나 마나 잘 지냈겠지?"
"이야, 전시관이 근사하다!"
우주 명문 학교 동문인 친구들은 모두 부유한 금월 가문 출신이었다. 일하지 않아도 평생토록 넉넉하게 살 수 있는 부류들. 우주의 존재들은 평등의 가치를 소중히 여기지만, 그 안에서 계급이 자연스레 생겨났다. 경제력이든, 사회적 지위든, 특별한 재능이든. 쇼쇼는 그들에 비하면 형편없이 가난했다.

친구들의 꽃은 매우 화려했다. 그들은 여행하며 겪은 기상천외한 모험과 요즘 시작한 취미에 대해 신나게 떠들었다. 쇼쇼도 근처 행성에 바람 쐬러 갔던 이야기를 늘어놓았다. 큰마음 먹고 간 여행이었지만, 일만 하고 돌아왔다는 얘기는 빼고.

쇼쇼는 문득 깨달았다. 이 친구들을 절대로 이길 수 없다는 걸, 그들의 활짝 핀 꽃과 여유로움을 동경하면서 질투하고 있다는 걸. 다행히 친구들은 쇼쇼의 꽃이 시들어 가고 있다는 걸 눈치채지 못했다.

얼마 뒤, 쇼쇼는 조용히 의사를 찾았다.
"꽃을 시든 채로 내버려두면 결국엔 영혼이 메마를 겁니다."
의사가 자못 심각한 표정으로 말했다.
"영혼이…… 메마른다는 게 무슨 뜻이죠?"
"아름다운 걸 봐도 아름다움을 못 느끼는 거죠. 늦기 전에 치유하셔야 합니다."
쇼쇼는 그 말을 듣고 안도했다. 고작 아름다움을 못 느끼는 거라니. 아쉽긴 해도 살아가는 데 별문제가 없을 거라고 생각했다. 그러나 그건 대단한 착각이었다! 의사가 말한 '아름다움'이란 일상적인 기쁨과 환희, 만족감, 온기 같은 걸 모두 포함하고 있었다. 쇼쇼는 이 모든 감정에 심드렁해지면서 마음이 점점 공허해졌다.
다시 의사를 찾아갔다.
"어떻게 치유해야 하죠?"
"우선 '작은 휴식'을 권해 드립니다. 쇼쇼 님, 힘들겠지만 스스로를 돌보는 법을 배워야 해요."
의사는 하루에 십 분씩이라도 혼자 은하수를 보며 쉬라고 했다. 쇼쇼는 의사 말대로 은하수를 보았다. 하지만 그 순간에도 머릿속에선 해야 할 일들이 계속 맴돌았다.

쇼쇼는 일이 더 바빠져서 휴식을 차일피일 미뤘다. 이제 꽃잎은 금방이라도 바스러질 듯이 말라붙어 있었다.

그 후 다시 만난 의사는 아무 말 없이 고개를 저었다.

카페에서 몇 시간째 쉴 새 없이 음료를 만들고 있는 쇼쇼에게 동료가 다가왔다.

"쇼쇼 님, 우주 공화국 위원장님이 오셨어요."

"지금?"

위원장님이 왜 여기까지 오신 거지? 쇼쇼는 급히 옷매무새를 가다듬고 응접실로 향했다. 문을 열고 안으로 들어서자, 콧수염을 멋지게 기른 위원장이 앉아 있었다. 자랑스럽게도 위원장은 쇼쇼와 동족이었다.

"위원장님, 먼 곳까지 찾아오셨군요."

"오랜만이네, 쇼쇼."

쇼쇼의 전시관이 이만큼 유명해진 건 위원장의 도움 덕분이기도 했다. 위원장은 이 전시관을 보고 감명을 받은 나머지, 우주 방송 프로그램에서 직접 소개해 주었다.

"축하하네, 자네 전시관이 아름다운 명소로 지정됐어."

이번에도 쇼쇼의 어깨에 날개를 달아 주러 온 것이었다.

"정말입니까? 이보다 더 영광스러운 소식이 없네요. 위원장님, 감사합니다."

쇼쇼는 진심으로 고마웠다. 이 달콤한 소식은 잠시나마 공허한 마음을 달래 주었다. 어쩌면 연료가 부족한 기차가 멈추지 않고 굴러가도록 하는 원동력일지도 몰랐다.

"자네에게 줄 선물이 있어."

위원장의 비서가 가방에서 무언가를 꺼냈다. 보는 각도에 따라 빛깔이 달라지는 돌 같았다. 돌의 한가운데에는 심지가 박혀 있었다.

"신기한 돌이군요?"

"아니, 신기한 폭죽이네. 옆 은하계를 순회하다가 자네 전시관에 어울릴 것 같아서 산 거야. 이 폭죽을 터뜨리면 오색찬란한 별들이 흩날리는 장관을 볼 수 있어."

참 아이러니했다. 폭죽의 사명은 터지는 것인데, 전시관에 얌전히 진열된다면 한낱 돌과 무엇이 다르다는 건가? 하지만 쇼쇼는 정중히 감사의 마음을 표했다.

위원장은 매우 열정적이었다. 쇼쇼에게 항상 더 많은 것을 이루라고 격려하곤 했다.

"자네는 젊고 똑똑해. 좀 더 욕심을 내서 더 큰 꿈을 가져 봐."

"그리도록 하겠습니다."

쇼쇼는 웃으며 대답했지만, 속으로는 어쩐지 기운이 쭉 빠졌다. 위원장은 계속해서 자신의 생각을 늘어놓았다.

그때 창문 너머로 입에서 불을 뿜으며 장난치는 어린 외계인들이 보였다. 쇼쇼는 그 모습에 시선을 빼앗겨 위원장의 말이 귀에 잘 들어오지 않았다.

'위험한데.'

잠시 후, 조언을 마친 위원장은 만족스러운 얼굴로 콧수염을 매만지며 카페로 향했다.

쇼쇼는 폭죽을 들고 전시관으로 날아갔다. 어린 외계인들이 여전히 장난을 치고 있었다. 쇼쇼는 한 손을 휙! 내밀었다. 그러자 어린 외계인들의 입에서 뿜어져 나오던 불길이 순식간에 꺼졌다. 한 아이가 눈을 동그랗게 뜨고 물었다.

"방금 그거 염력이에요?"

"그래. 여기서 불은 안 된다. 위험해."

"능력 또 뭐 있어요?"

"별거 없어. 나는 거랑 순간 이동 같은 것들……."

그러다 문득 해야 할 말을 떠올렸다.

"아, 여기서 뛰어다니면 안 돼."

어린 외계인들은 알았다고 대답해 놓고는 금세 다시 뛰어다녔다. 쇼쇼는 고개를 절레절레 흔들었다. 이제 폭죽을 어디에 진열할지 고민할 차례였다.

그때 위원장이 카페에서 나왔다. 쇼쇼는 일단 폭죽을 근처 선반에 두고 배웅을 하기 위해 서둘러 날아갔다.

"위원장님, 벌써 가십니까?"

"오늘은 잠깐 들른 거네. 요즘 바쁘거든."

"네, 다음에 또 찾아 주세요."

"쇼쇼, 자네 전시관에는 항상 다양한 외계인들이 모여드는 게 흥미로워. 혹시 이곳에 지구인이 온 적 있나?"

"지구인이요?"

쇼쇼는 잠시 생각하다가 대답했다.

"예, 있습니다. 굉장히 지적인 친구였는데, 이름이……, 아, 니콜라 테슬라! 웜홀을 통해 왔죠. 그런데 왜 갑자기……?"

위원장은 "역시 그렇군." 하고 고개를 끄덕이며 쇼쇼에게 전단지를 건넸다.

지구인으로 살아 보기 대회

"이게 뭐죠?"

"내가 주최할 대회네."

지구. 요즘 누구든 입만 열면 지구 얘기였다. 다큐 프로그램에 잠깐 등장했을 뿐인데, 반응은 가히 폭발적이었다. 문화와 예술이 놀랄 만큼 다양하고, 웜홀도 여럿 연결된 행성. 그러나 지구인들 대부분이 아직 외계 생명체의 존재를 모른다고 했다.

"지구는 정말 재밌을 거야. 자네도 시간 되면 꼭 참석해 보게나."

쇼쇼는 미소를 지으며 대답했다.

"재밌을 것 같네요. 생각해 보겠습니다."

사실 쇼쇼는 별 관심이 없었다. 전시관 운영만으로도 벅차서 그런 대회에 참가할 여유 따윈 없었다.

위원장이 우주선에 올라타는 걸 보고 쇼쇼는 다시 전시관으로 돌아섰다.

그리고 그 순간 심장이 쿵 내려앉았다.

어린 외계인들이 폭죽을 손에 든 채로 불을 내뿜으며 놀고 있었던 것이다.

"이게 뭐지?"

"엄청 빛나고 예뻐."

쇼쇼는 그제야 아까 폭죽을 선반에 올려 둔 걸 떠올렸다.

"허억!"

쇼쇼는 순간 이동을 하며 다급한 목소리로 외쳤다.

"그거 이리 줘! 위험해!"

어린 외계인들이 깜짝 놀라 멈춰 섰다. 쇼쇼는 재빨리 폭죽을 끌어당겼다. 한숨을 내쉬며 가슴을 쓸어내리려는 순간, 치익.

폭죽 심지에서 작은 불꽃이 피어올랐다. 아이들이 뿜은 불이 붙어 버린 모양이었다. 쇼쇼는 급히 염력을 썼지만, 불꽃은 점점 커졌다. 마치 무수한 별들이 한꺼번에 터져 나오는 듯했다.

"아아……."

전시관을 빠르게 둘러보았다. 많은 외계인들이 관람 중이었고, 동료들은 아무것도 모른 채 작품을 설명하고 있었다. 이대로 폭죽이 터진다면 많은 이들이 다칠 것이다. 그렇다고 폭죽을 전시관 밖으로 던지자니, 주변을 지나는 우주선들이 많았다. 더 생각할 겨를이 없었다.

"잠시 실례할게요!"

쇼쇼는 염력으로 전시관 안에 있는 외계인들을 공중으로 띄워 올렸다. 동료들은 눈이 휘둥그레진 채 쇼쇼를 바라보았고, 외계인들은 너나없이 비명을 질렀다. 쇼쇼는 그들을 한꺼번에 정원으로 내보냈다.

막 출발하려던 위원장은 우주선에서 황급히 내려서 이 상황을 지켜보았다.

그 순간, 펑! 퍼퍼퍼펑! 펑펑!

폭죽은 알고 있었을까? 바로 오늘이 자신의 사명을 다하는 날이라는 걸. 폭죽에서 피어오른 별들이 사방으로 퍼지며 전시관을 화려하게 밝혔다. 그동안 쇼쇼가 열심히 모은 작품들이 터지며 색색의 불꽃과 함께 전시장을 찬란하게 수놓았다. 쇼쇼는 전시관 안에서 염력으로 몸을 보호하면서 중얼거렸다.

"뭐, 아름답긴 하네."

폭죽이 다 터지고 나자, 전시관은 우주의 침묵보다 더한 침묵에 휩싸였다.

다행히 외계인들은 모두 무사했다. 동료들이 쏜살같이 날아왔다.

"쇼쇼 님! 괜찮으세요?"

"전시관이…… 완전히 엉망이…….''

쇼쇼는 바닥에 털썩 주저앉아 천천히 전시관을 둘러보았다. 바닥에 흩어진 예술 작품의 파편들, 그 속에서 반짝이는 불꽃의 잔재들. 뭔가 꿈을 꾸는 것만 같았다. 그러면서 묘한 해방감이 느껴졌다. 전시관이란 껍데기 속에 갇힌 채 자신을 증명해야 한다는 강박에서 벗어난 듯했다. 쇼쇼는 희미하게 미소를 짓다가, 이내 미친 듯이 크게 웃었다.

그 모습을 본 동료들은 심각해졌다.

"저렇게 웃으시는 건 처음이야."

"정신이 나가신 거 같은데."

어린 외계인들이 쇼쇼에게 달려와 울면서 사과했다.

"미안해요."

"너희 탓이 아니야. 앗, 울지 마! 또 입에서 불이 나오잖아!"

위원장도 탄식하며 다가왔다.

"이게 무슨 일인가! 쇼쇼, 미안하네. 자네가 그동안 애써 모은 작품들이……, 내가 폭죽을 선물로 주지만 않았다면…….."
"위원장님 때문이 아닙니다. 제 실수예요."
동료들도 글썽이며 말했다.
"쇼쇼 님, 저희가 더 잘 살폈어야 했는데……."
"여러분 탓도 아니에요."
쇼쇼는 평생 받을 위로를 한꺼번에 다 받는 기분이었다. 이러다 밤을 샐 것 같아 벌떡 일어났다.
"여러분, 전 정말 괜찮아요. 정말로……."
쇼쇼는 말끝을 흐렸다. 이번만큼은 괜찮은 척하는 게 너무나 어려웠다.

공사하는 동안, 전시관 문을 닫기로 했다. 그동안 동료들과도 이별하게 되었다. 쇼쇼는 종종 전시관에 들러 할 일을 찾아보았다.
어느 날은 위층 카페에서 창밖으로 펼쳐진 은하수를 멍하니 바라보았다. 아주 잠시 마음이 녹아내리는 걸 느꼈다. 그때 은하수를 오래오래 바라보았다면, 가랑비에 옷 젖듯이 아름다움에 영혼이 스며들어 꽃이 생기를 얻었을지도 모른다.
그러나 쇼쇼는…… 금방 현실로 돌아왔다.
'난 이제 뭐 하지?'

무엇을 붙잡아야 할지 알 수 없었다. 작품을 다시 모으려니 엄두가 나지 않았다. 꽤 오랫동안 다른 건 미뤄 두고 전시관에다 모든 걸 쏟아부었다. 그런데 그렇게 공들여 만든 것이 한순간에 재가 되어 버렸다.

할 일을 찾지 못한 쇼쇼는 카페를 청소하기로 마음먹었다. 그러면 잠시나마 생각을 멈출 수 있을 것 같았다. 그는 염력을 사용하지 않고 직접 바닥을 쓸고 테이블을 정리했다. 하지만 그것도 금세 끝나 버렸다.

쇼쇼는 허리를 펴고 바지 주머니를 툭툭 털었다. 그러자 손에 뭔가 만져졌다. 꺼내 보니 구겨진 전단지였다. 지난번에 위원장이 건네준…….

지구인으로 살아 보기 대회

별의 친구들이여!

저희 우주 공화국에서 흥미진진한 대회를 준비했습니다.
바로 '지구인으로 살아 보기 대회'입니다.
지구에서 가장 오랫동안
정체를 들키지 않고 살아남는 외계인은 누가 될까요?

우승자에게는 큰 상품이 주어집니다.
아주아주 특별한 지구의 물건들입니다!
참가를 희망하는 분은 지금 바로 신청하세요.

주최 : 우주 공화국 문화 교류 위원회

* 만약 지구인에게 정체를 들킨다면? *
걱정하지 마세요.
요원이 출동해 지구인의 기억을 지울 것입니다.

    쇼쇼는 우승 상품에 눈이 번쩍 뜨였다. 지구의 특별한 물건들이라면, 전시관에도 딱 어울릴 것 같았다. 그는 전단지를 바라보며 곰곰이 생각에 잠겼다.
    "좋은 기회야. 작품들을 언제 다시 모으겠어?"
    물론 우승할 거라는 확신은 없었다. 하지만 시간을 막막하게 흘려보내는 것보다는 나을 듯했다.

    며칠 후, 쇼쇼는 우주 항공 교통 센터로 갔다. 그곳은 우주 각지에서 온 외계인들로 발 디딜 틈 없이 붐볐다. 천장에는 거대한 돔이 펼쳐져 있었고, 그 위로 우주선들이 길게 늘어서 있었다.

'지구인으로 살아 보기 대회' 안내 표지판을 따라가자 거대한 광장이 나왔다. 참가자들을 대략 세어 보니 천 명이 훌쩍 넘었다. 문득 우승이 멀게만 느껴졌다.

잠시 후, 위원장이 모습을 드러냈다. 그의 가슴에서 많은 훈장과 배지가 반짝였다.

"별의 친구들이여, 대회에 참가해 주셔서 감사합니다."

위원장이 기품 있는 목소리로 말했다.

"아시다시피 지구에는 외계 문화를 아는 자들이 소수 있지만, 혼란을 막기 위해 그 사실은 비밀로 유지하고 있습니다. 우리는 그것을 최대한 존중하며 대회를 치러야 합니다. 우리의 목적은 지구 문화를 경험하고 이해하는 것입니다."

위원장이 눈짓을 하자 관리자들이 참가자들에게 슈트를 나눠 주기 시작했다.

"지구인으로 위장하는 슈트입니다. 지금 입어 보십시오."

쇼쇼도 슈트를 집어 들었다. 상하의가 붙어 있는 투명한 재질의 슈트는 입는 순간 몸에 맞게 늘어났다. 뒤이어 전신 거울이 눈앞에 스르륵 나타났다.

쇼쇼는 조심스럽게 거울을 바라보았다. 거울 속에는 하얀 티셔츠를 입은 지구인 소년이 서 있었다. 피부는 뽀얗게 변했고, 키는 줄었으며, 몸집도 작아졌다. 어두운 색으로 변한 머리카락은 단정하게 옆으로 넘겨져 있었다. 하지만 깊은 눈동자만큼은 원래의 쇼쇼 것 그대로였다.

주위를 둘러보니 젊은 청년부터 수염 난 아저씨, 푸근한 아주머니, 주름진 할머니까지 다양한 지구인의 모습이 보였다. 슈트를 입는 순간에 무작위로 외모가 배정된 것이었다.

"가장 오랫동안 정체를 들키지 않는 분이 대회의 우승자가 됩니다. 우선, 자신이 가진 능력을 자제해야겠지요. 능력을 쓰는 동안 슈트가 힘을 잃어 본래 모습이 드러날 것입니다."

한 참가자가 질문했다.

"탈락은 어떻게 결정되나요?"

"간단합니다. 지구인에게 '외계인이다!'라는 말을 들으면 탈락입니다. '외계인 아니야?', '외계인 맞죠?' 같은 표현도 마찬가지죠. 여러분의 슈트가 그 말을 인식하는 순간, 곧바로 탈락이 됩니다."

슈트가 곧 이 대회의 심판인 셈이었다.

"슈트는 지구인의 언어를 자동으로 번역합니다. 또, 왼쪽 어깨를 톡톡 치면 대회의 뉴스도 볼 수 있습니다."

위원장이 손을 들어 마무리했다.

"별의 친구들이여, 지구인이 되어 마음껏 즐기기를!"

"이보게, 쇼쇼."

개회식이 끝난 뒤, 위원장이 넌지시 쇼쇼를 불렀다.

"대회 참가자 목록에 자네 이름이 있어서 얼마나 기뻤는지 몰라."

"이 대회를 놓치고 싶지 않았습니다."

쇼쇼는 우승 상품 때문에 참가했다는 말을 굳이 하지 않았다. 위원장은 쇼쇼를 흐뭇하게 바라보더니 속삭였다.

"자네 슈트는 내가 직접 골랐어. 청소년 외모가 썩 잘 어울리는군!"

"그게 무슨 말씀이세요? 무작위로 배정된 게 아닌가요?"

그 말을 듣고 위원장이 아하하! 하고 웃었다.

"주사위가 던져지기 전에, 내가 판을 짜 놨지. 전시관이 엉망이 된 건 내 책임도 있으니, 사과의 의미로 신경 쓴 거야. 자네에게 유리할 걸세."

"아, 고맙습니다. 그런데 어떤 점이 유리한 건가요?"

쇼쇼의 질문에 위원장이 미소를 지으며 대답했다.

"모르겠나? 지구에서 청소년은 마냥 아이도 아니고, 그렇다고 어른도 아닌 나이지. 적당히 즐길 건 즐기면서 좀 어리바리하게 굴어도 전혀 이상해 보이지 않을 걸세."

쇼쇼는 초광속 우주선을 타고 지구로 날아갔다. 10박 11일이 꼬박 걸린다고 했다. 우주선 안에는 온갖 은하 음식이 가득했고, 대회 참가자들은 축제라도 열린 듯 잔뜩 들떠 있었다. 대화 소리와 웃음 소리가 끊이지 않았다.

그러나 쇼쇼는 우주선 안 도서관에 틀어박혀 지구에 대한 책 속으로만 파고들었다. 어느 날은 책을 읽고 있는데 누군가의 시선이 느껴졌다. 고개를 돌려 보았지만, 그림자조차 보이지 않았다.

'이상하네……'

쇼쇼는 다시 책에 집중하려 애썼다. 그러나 페이지를 넘길 때마다 등 뒤가 따끔거렸다. 누군가 숨을 죽이고 지켜보는 것만 같았다. 그런 기묘한 느낌은 며칠 동안 계속되었다.

'휴, 착각이겠지. 피곤해서 그런 거야.'

쇼쇼는 애써 생각을 떨쳐 냈다. 지금 가장 중요한 건 대회 준비니까.

드디어 지구에 도착한 우주선은 히말라야의 거대한 동굴 안으로 들어가 외계인 게이트를 통과했다. 동굴 천장에는 은은한 빛을 내는 수정이 수없이 매달려 있었다.

우주선이 착륙하자, 검은 정장을 입은 요원들이 일사불란하게 움직여 대회 참가자를 한 명씩 데리고 순간 이동을 했다. 쇼쇼에게도 요원이 다가왔다. 요원은 홀로그램 수첩을 펼쳐 들었다. 수첩 속 글자들이 공중으로 떠올랐다.

이름 : 쇼쇼

대회 장소 : 대한민국, 서울

"안내하겠습니다. 쇼쇼 님의 대회 장소는 대한민국의 서울입니다. 서울을 벗어나면 탈락입니다."

요원은 쇼쇼와 함께 순간 이동했다. 쇼쇼는 주위를 둘러 보았다. 지구의 냄새, 중력, 빛의 온도까지 죄다 낯설었다. 거리의 나뭇잎 하나하나가 처음 듣는 음악처럼 다가왔다.

요원이 쇼쇼에게 무언가를 건넸다.

"청소년증과 신용 카드입니다. 대회 기간 동안 자유롭게 사용할 수 있습니다."

청소년증에 쇼쇼의 나이가 15세로 되어 있었다. 쇼쇼는 중요한 질문을 던졌다.

"나는 어디서 살죠?"

"대회 규정상, 집은 제공되지 않습니다."

"네?"

쇼쇼는 깜짝 놀라 요원을 바라보았다.

"하지만 나는 청소년이에요. 집을 구할 수 없다고요. '미성년자는 호텔이나 찜질방에서 숙박할 수 없다.'고 책에서 봤거든요."

그러나 요원은 시큰둥한 표정으로 눈만 깜빡일 뿐이었다. 위원장이 거기까지는 미처 생각지 못한 모양이었다. 아무래도 지구에 대해 속속들이 알지는 못할 테니까.

요원은 곧 그 자리에서 사라졌다. 쇼쇼는 멍하니 있다가 주먹을 불끈 쥐었다.

'다행인 건, 내가 능력을 쓸 수 있다는 점이지.'

쇼쇼는 발길이 가는 대로 걸었다. 곧 큰 길목이 나타났다. 분주하게 오가는 지구인들을 보고 있으니, 정말로 지구에 왔다는 사실이 실감 났다.

길을 지나던 어린 지구인들의 대화가 번역되어 들려왔다.

"야, 나 아빠 생일 선물 뭐 사야 돼?"

"뭐 좋아하시는데?"

"드론이나 프라모델 같은 거?"

"비싸고 재밌는 걸 좋아하시네."

조금 더 걸으니 가게들이 줄지어 늘어선 거리가 나왔다.

'일단 머무를 곳을 만들어야겠어.'

얼마 지나지 않아, 자그마한 집을 파는 가게가 보였다. '캠핑용품점'이라는 간판이 걸려 있었다. 쇼쇼는 빠르게 안으로 들어갔다.

"어서 오세요."

사장이 '웬 아이지?' 하는 눈빛으로 인사했다. 쇼쇼는 가격을 보지도 않고 텐트와 이불, 램프 등을 덥석덥석 골랐다. 사장의 눈빛이 점점 수상쩍어졌다.

"계산해 주세요."

"이걸 어디에 쓸 거니?"

순간 쇼쇼는 멈칫했다.

'이상하네. 왜 묻는 거지?'

그러다 문득 책에서 읽은 내용이 떠올랐다.

미성년자가 비싼 물건을 사면 어른들이 수상하게 여긴다.

잠시 머뭇거리던 쇼쇼는 아까 지구인들이 했던 대화를 떠올렸다.

"아빠가 생일 선물로 사 달라고 하셨어요. 비싸고 재밌는 걸 좋아하시거든요."

그제야 사장의 얼굴이 온화해졌다.

"정말 대단하네. 좋은 선물이 될 거다."

쇼쇼는 가게를 나오자마자 먹을 것을 사려고 주변을 둘러보았다. 마침 몇 명이 옆으로 지나가며, "아, 배고파! 빨리 뭐라도 먹자." 하고 말했다.

쇼쇼는 잘됐다고 생각하며 그들을 따라 편의점에 들어갔다. 진열대에는 물건들이 빼곡히 놓여 있었다. 슈트 덕분에 글자는 번역이 되었지만, 무슨 뜻인지 이해하기가 어려워 머리가 지끈거렸다. 접착제나 세제를 먹기라도 하면, 대회고 뭐고 끝장이었다.

쇼쇼는 아까 함께 들어온 지구인들 주변을 슬쩍 맴돌다가 그들과 똑같은 걸 골라 계산하고 밖으로 나왔다. 그러고는 주위를 신중하게 살펴보았다.

'음, 지구인이 절대 올 것 같지 않은 장소가…….'

저 멀리 우뚝 솟은 산이 눈에 들어왔다. 쇼쇼는 조용히 인적 없는 구석으로 가서 산으로 순간 이동했다.

팟!

능력을 사용하자 몇 초 동안 원래의 모습으로 돌아왔다.

'역시 아무도 없네. 다행이야.'

그곳은 한적하고 평평한 산의 중턱이었다. 쇼쇼는 적당한 자리를 골라 염력으로 순식간에 텐트를 세웠다. 쇼쇼에게는 우승 계획이 있었다.

그것은 바로…… 가만히 있기! 숲속에서 가만히 있으면 외계인이란 게 들통날 일은 절대 없을 테니까.

다음 날 아침, 비에 젖은 흙 내음이 풍겨 왔다. 잠이 덜 깬 쇼쇼는 순간, 머릿속이 또렷해졌다.

"맞다. 나, 지구에 왔지."

텐트 문을 열자 비가 가느다랗게 내리고 있었다. 곁에 놓인 편의점 봉지가 눈에 들어왔다. 그러고 보니 배가 고팠다. 쇼쇼는 컵라면을 뜯어 살펴보다가 면발을 냅다 씹었다.

"우웩, 너무 맛없잖아!"

그러다 컵 안에 남은 라면 스프를 발견하곤 통째로 입에 털어 넣었다. 혀가 얼얼해지는 게 나름 좋았다. 배를 채우고 나니, 빗소리가 더욱 선명하게 들려왔다. 쇼쇼는 텐트 밖으로 손을 내밀었다.

'나른해지는 기분이야.'

온몸이 기분 좋게 풀어졌다.

'이게 바로 여유를 즐긴다는 건가?'

하지만 그 여유는 오래가지 않았다. 곧 '시간을 낭비했다'는 죄책감이 밀려왔다. 쇼쇼는 가방에서 지구에 관한 책을 꺼내 들었다. 책에 얼굴을 바짝 들이대고 정신없이 읽기 시작했다.

그러다 문득 다른 참가자들의 소식이 궁금해져 왼쪽 어깨를 톡톡 쳤다.

'뉴스를 볼 수 있다고 했지.'

대회의 진행 상황이 홀로그램으로 펼쳐졌다.

지원자 수 : 1,020명

탈락자 수 : 470명

생존자 수 : 550명

"에에?"

벌써 절반 가까이 탈락했다. 쇼쇼는 놀란 눈으로 기사를 훑어보았다.

> '지구인으로 살아 보기 대회'에서는 계속해서 많은 분들이 탈락하고 있습니다. 탈락 이유는 대부분 지구에 와서 너무 들뜬 나머지 능력을 제어하지 못한 것입니다. 할머니로 위장한 한 참가자는 도로를 번개처럼 질주하다가 들켰습니다.

외계인들은 지구에 여행이라도 온 듯, 하고 싶은 걸 다 하는 모양이었다. 이대로라면 쇼쇼가 우승할 확률이 높았다.

그러나 삶이란 예측할 수 없는 모험이라고 했던가.

이상한 협상

여름날의 날씨는 변덕스러웠다. 화창하다가도 금방 비가 올 듯 먹구름이 잔뜩 끼었다.

편의점에 들러 라면과 도시락을 사고 숲으로 향하려던 참이었다. 갑자기 옷에서 미세한 진동이 느껴졌다. 쇼쇼는 깜짝 놀라 몸을 움츠렸다. 곧이어 귀 안쪽에서 익숙한 목소리가 들려왔다. 위원장이었다.

📢 대회를 시작한 지 벌써 일주일이 흘렀습니다. 지금까지 살아남은 여러분, 진심으로 축하합니다!

지금부터 미션을 부여하겠습니다.

"미션이라니? 그런 말은 없었잖아!"

쇼쇼가 길 한복판에서 소리쳤다. 지나가던 지구인들이 그를 힐끔 쳐다보았다.

📺 갑자기 미션이 주어져서 당황하셨나요? 미리 알려 주면 재미없으니까요.

첫 번째 미션은 '지구인에게 밥 사 주기'입니다.

정체를 들키지 않으려고 일부러 혼자서 식사하는 분들을 위해 준비했습니다. 지구인과 함께 밥을 먹으면서 지구에서의 시간을 즐겨 보세요. 지금 입고 있는 슈트가 미션의 성공 여부를 판단할 것입니다. 이 미션은 오늘 해가 지기 전까지 완료해야 합니다.

별의 친구들이여, 당신들의 활약을 기대합니다!

쇼쇼는 방송이 끝나고 한참을 그 자리에 서 있었다. 그럼 그렇지. 우주 공화국에서 주최하는 대회가 쉬울 리가 없지. 이제는 더 이상 '가만히 있기'가 통하지 않는다니……. 가뜩이나 날씨가 우중충한데 쇼쇼의 마음까지 울적해졌다.

쇼쇼는 무거운 발걸음으로 미션을 위해 길거리를 나섰다. 일단 지구인이 많은 곳으로 가 보았다. 마침 점심시간이라 거리마다 지구인들로 북적였다. 우울해하던 쇼쇼는 마음을 고쳐먹기로 했다.

'어쩌면 쉽게 풀릴지도 몰라. 내가 밥을 사 준다고 하면 되는 거니까.'

쇼쇼는 배가 고파 보이는 지구인을 찾기 시작했다. 곧이어 말라 보이는 지구인을 발견하곤 슬그머니 다가갔다.

"저…… 아직 식사 안 하셨죠?"

지구인은 고개를 갸웃하며 대답했다.

"응, 아직. 왜?"

"그럴 줄 알았어요. 삐쩍 마른 게 배고파 보였거든요."

"뭐?"

"저랑 밥 먹을래요? 제가 살게요."

"됐거든! 지금 장난해?"

지구인은 얼굴을 찌푸리며 자리를 떠났다. 쇼쇼는 자신이 뭔가 실수를 했다는 걸 알았다. 하지만 그게 무엇인지 정확히 알 수가 없었다. 이번에는 착해 보이는 지구인을 찾으려 애썼다. 착한 지구인은 순순히 밥을 먹어 줄지도 모르니까.

그때 한 지구인이 미소를 지으며 다가왔다.

"안녕하세요? 우리 귀여운 학생, 몇 살이에요?"

"저요? 열다섯 살이요. 이 행성 기준으로요."

"학생은 지금 꿈이 뭐예요?"

"지금 꿈이요?"

자신의 꿈을 먼저 물어봐 주다니. 쇼쇼는 희망을 잔뜩 담아 말했다.

"지구인하고 밥 먹는 거요."

"밥이요? 학생이 배가 많이 고팠나 보구나. 우리 아버님의 믿음 모임에서 점심을 주거든요. 메뉴는 파스타예요. 지금 나랑 갈래요?"

"아니요, 밥은 제가 사야 해요. 꼭 그래야 해요!"

"하핫, 학생이 무슨 돈이 있다고. 그러지 말고 나를 따라와요."

"안 돼요! 제가 밥을 사야 해요!"

쇼쇼가 계속 밥을 사야 한다고 우기자, 지구인은 당황한 얼굴로 슬쩍 물러나더니 급히 어디론가 사라졌다.

"아……, 내가 또 무슨 실수를 한 거지?"

쇼쇼는 자신감을 잃고 벤치에 주저앉았다. 바로 그 순간, 멀리서 세 명의 지구인이 다가왔다. 덩치가 큰 지구인 둘이 가운데의 작은 지구인과 어깨동무를 하고 있었다. 큰 둘은 남자, 가운데는 여자로 보였다. 남자들은 실실 웃고 있었지만, 여자는 잔뜩 겁먹은 얼굴이었다.

세 지구인이 쇼쇼 앞을 지나가는 순간, 여자가 고개를 번쩍 들어 쇼쇼와 눈을 맞추며 입술을 움직였다. 슈트가 즉시 그 말을 번역했다.

나. 좀. 도. 와. 줘.

쇼쇼는 무슨 일인가 싶어, 그들을 따라 뒷골목으로 들어갔다. 남자들이 지갑을 뒤지고 있었다. 한 남자가 뒤따라온 쇼쇼를 발견하고는 태연하게 말했다.
"야, 가라. 오해하지 마. 우리, 친구야."
하지만 여자는 불안한 눈빛으로 고개를 저었다. 쇼쇼가 여자에게 물었다.
"내가 뭘 도와줘야 해?"
여자가 떨리는 목소리로 소리쳤다.
"얘, 얘네 내 친구 아니야. 저건 내 지갑이고!"
그러자 남자들이 뭐라고 욕을 하는 것 같았다. 모든 행성에는 삐뚤어진 자들이 있는 걸까? 쇼쇼는 한숨을 쉬며 말했다.
"그거 내놔."
"아! 씨, 가라고 했잖아!"
지갑을 뒤지던 남자가 거칠게 주먹을 날렸다. 쇼쇼는 주먹을 잽싸게 피한 뒤, 그 남자의 팔을 단번에 뒤로 꺾었다. 쇼쇼의 동작은 시계의 톱니바퀴처럼 정확하고 빨랐다. 팔이 꺾인 남자가 비명을 지르며 나가떨어지자, 남은 한 명이 덤벼들었다. 쇼쇼는 그의 어깨를 눌러 순식간에 땅바닥에 눕혔다.
'이 정도면 평범하게 싸운 거겠지?'

쇼쇼는 능력을 쓰지 않았다는 사실이 만족스러웠다. 하지만 쇼쇼의 움직임은 도무지 평범한 지구인 같지가 않았다.

땅에 쓰러진 지구인이 얼빠진 얼굴로 물었다.

"너……, 사람 맞아?"

"거기, 멈춰!"

누군가가 신고를 했는지 골목 끝에서 경찰들이 달려왔다. 쇼쇼는 무슨 영문인지 몰랐다.

그때 여자가 쇼쇼의 손목을 잡더니 냅다 뛰기 시작했다.

"나는 잡히면 안 돼!"

바로 어제 아침, 앤은 편지를 책상 위에 올려 두었다.

엄마, 아빠! 놀라지 마세요.
전 그냥 잠깐 모험을 떠난 거예요.
방학 동안 기숙 학원에서 공부만 하는 건 너무 지루하잖아요?

돈도 조금 챙겼으니 걱정 마세요.
위험한 곳에는 가지 않을게요. 핸드폰은 집에 두고 왔어요.
많이 놀고 돌아올게요. 사랑해요!

―방학만큼은 놀고 싶은, 앤

가방에 옷 몇 벌, 세면도구, 노트, 접이식 우산, 펜 한 자루, 초콜릿 한 줌, 책 한 권, 모아 둔 용돈 25만 원을 챙겨 집을 나섰다.

앤은 새장을 나와 막 날아오른 새처럼 자유로웠다. 리아와 주리를 만나 놀이공원에서 하루 종일 놀았다. 밤에는 리아의 집에 몰래 들어가 잠을 청했다.

다음 날은 리아와 주리가 기숙 학원에 입소하는 날이었다. 원래는 앤도 함께 가야 했지만 말이다……. 셋은 아쉬운 마음으로 놀이터에 모였다.

리아가 걱정스러운 얼굴로 말했다.

"앤, 조심해서 다녀."

애교 많은 주리가 앤을 껴안았다.

"후에엥, 보고 싶을 거야."

"너희랑 같이 다니면 더 좋았을 텐데……."

셋은 서로를 꼭 껴안으며 마지막 인사를 나누었다. 친구들과 헤어진 뒤 혼자가 된 앤은 설레는 마음으로 서울 시내를 이리저리 돌아다녔다.

'매운 떡볶이 먹고, 아무 생각 없이 놀다가, 24시간 카페에서 낭만적으로 잠들자! 근데 지금 얼마 남았더라?'

앤은 들뜬 마음으로 지갑을 꺼냈다. 그 순간 뒤에서 스산한 기운이 느껴졌다. 덩치 큰 남자애 두 명이 앤의 어깨에 손을 올렸다.

"쉿, 쉿. 자연스럽게 앞으로 가."

사람들은 아무도 앤을 신경 쓰지 않았다. 그때 쇼쇼와 눈이 마주쳤고, 간절한 눈빛으로 도움을 청한 거였다.

"허억, 허억."
얼마나 달렸을까.
"저기, 아무도 안 따라오는데."
지구인은 쇼쇼의 말을 듣고 그제야 멈춰 섰다. 쇼쇼는 숨이 전혀 차지 않았지만, 지구인과 똑같이 행동해야 의심받지 않을 것 같아 숨을 고르는 척했다. 그러다 눈이 마주쳤다. 하늘색 옷차림에 머리칼을 발랄하게 묶은 지구인이 오동통한 볼을 붉히며 해맑게 웃었다. 그 눈동자엔 맑은 은하수가 깃든 듯했다.
그런데 웃던 지구인이 갑자기 헉하고 숨을 들이쉬었다.
"어떡해……. 아까 빼앗긴 지갑을 두고 왔어!"
쇼쇼가 물었다.
"다시 돌아갈래?"
지구인은 세상을 다 잃은 표정으로 고개를 저었다.
"난 경찰을 만나면 안 돼. 우리 부모님한테 연락이 갈 수도 있거든."
"그게 왜?"
"잠시 일탈 중이니까. 지금 집에 들어가면, 새장에 갇힌 새처럼 공부만 해야 해. 무려 여름 방학인데!"

"집을 나왔다는 뜻이야?"

"맞아. 그런데 돈이 없으니까 그냥 집에 들어가야 하나……."

"아……."

쇼쇼는 적당한 말을 찾지 못했다. 그런데 어색한 침묵을 깨듯 지구인의 배에서 꼬르륵 소리가 울렸다. 그 소리에 쇼쇼는 고개를 번쩍 들었다.

"혹시, 지금 배고프니?"

지구인이 무안한 듯 웃었다.

"응, 점심을 못 먹었거든. 그런데 지금은 집에 돌아갈 비상금밖에 없어."

쇼쇼는 귀가 솔깃해졌다. 어쩌면 이게 마지막 기회일지도 몰랐다.

"있잖아, 첫 만남에 밥을 사 주는 건 지구에서 많이 이상한 일이야?"

"그게 무슨 소리야?"

"어……, 그러니까 내가 밥을 사 주고 싶은데……."

"진짜? 완전 고맙지! 뭐 사 줄 건데? 혹시…… 떡볶이 좋아해?"

슈트가 떡볶이를 '대한민국 지구인들이 유난히 열광하는 음식'이라고 알려 주었다. 쇼쇼는 고개를 끄덕였다.

둘은 오래된 건물 안으로 들어갔다. 삐걱거리는 계단을 올라 즉석 떡볶이 가게로 들어섰다. 곧이어 냄비에 음식이 담겨 나왔다. 이걸 어떻게 먹어야 할지 몰라 잔뜩 긴장하고 있는데, 다행히 지구인이 먼저 말을 걸었다.

"아까 도와줘서 고마워. 너, 싸울 때 완전 어벤져스였어!"

슈트가 어벤져스를 '만화 속 영웅 집단'이라고 번역했다.

"고마워."

지구인이 몸을 앞으로 기울이며 물었다.

"이름이 뭐야?"

"쇼쇼."

"쇼쇼? 이름 특이하다! 난 앤이야."

"앤, 반가워."

"몇 살이야? 난 열다섯 살!"

"나도 그래."

앤은 반가운 듯 활짝 웃었다. 쇼쇼도 적당히 미소를 지었다.

"쇼쇼, 너 웃을 때 눈이 반달 모양이네."

쇼쇼는 딱히 대화를 이어 나가고 싶지 않았다.

'이 미션이 끝나면 자연스럽게 멀어지겠지.'

쇼쇼는 이 호기심 많고 말 많은 아이와 거리를 두기로 했다. 적당한 친절, 적당한 미소, 그 정도면 충분했다. 그 이상은 쓸데없는 감정 낭비일 뿐. 쇼쇼는 늘 그렇게 살아왔다. 그러나 앤은 친한 친구를 만난 것처럼 두 눈을 반짝거리며 물었다.

"방학인데 뭐 하고 있었어?"

"응?"

어려운 질문이었다.

'옆 행성으로 여행을 간다거나, 외계인 파티에 초대되는 일은 없겠고…….'

쇼쇼는 헛기침을 하며 둘러댔다.

"놀고 있었지. 방학이잖아."

"우아, 좋았겠다."

앤이 뭔가 더 질문을 하려는 순간, 주인아주머니가 말했다.

"떡볶이 다 익었어요. 이제 드시면 돼요."

쇼쇼는 안도의 숨을 내쉬었다. 앤이 포크로 떡볶이를 집어 후후, 불었다. 쇼쇼도 따라서 후후, 불었다. 앤이 콜라를 한 모금 들이켜며 '캬' 소리를 내자, 쇼쇼도 따라서 '캬' 소리를 냈다.

앤은 그 모습을 보고 작게 웃음을 터뜨렸다.

"너, 좀 웃기네. 라면 사리랑 치즈 떡을 추가해도 될까?"

"걱정 말고 시켜."

"진짜? 혹시 돈이 모자라진 않아?"

"카드 있거든."

앤이 감탄하며 소리쳤다.

"오, 오! 너, 완전 대박이야!"

떡볶이를 다 먹자, 쇼쇼의 옷이 미세하게 진동했다. 귀에서 맑게 터지는 박수 소리와 함께 방송이 들렸다.

📢 쇼쇼, 미션 성공입니다!

가슴이 벅차올랐다.
'좋았어!'
그러나 기쁨도 잠시, 갑자기 복통이 찾아왔다. 몸이 떡볶이에 거부 반응을 보인 거였다. 지구의 매운 음식이 쇼쇼의 소화 기관과 맞지 않는 듯했다. 쇼쇼는 화장실을 찾아 급히 뛰었다. 간신히 화장실 앞에 도착했지만, 고통이 너무나 심한 나머지 문을 열기도 전에 반사적으로 순간 이동 능력을 써 버렸다.
팟!
그는 화장실 두 번째 칸에서, 외계인 모습으로 돌아왔다.
'휴우, 다행이야.'
무지갯빛 대변을 보고 상쾌한 마음으로 나가려는데, 옆 칸에서 묘한 시선이 느껴졌다.
"으악!"
검은 뿔테 안경을 쓴 지구인이 옆 칸 벽에 매달린 채 쇼쇼를 뚫어지게 바라보고 있었다. 쇼쇼는 화들짝 놀라 고개를 홱 돌렸다.
'지구인이 왜 저기에! 설마, 본 건가?'

심장이 쿵쾅거렸다. 하지만 쇼쇼는 짐짓 태연한 척하며 화장실 문을 박차고 나가 외쳤다.

"놀랐지? 마술 연습 중이었는데, 좀 실감 나지 않았어?"

등에 긴장감이 잔뜩 스며들었다. 그러나 예상과는 달리 지구인은 미소를 지으며 말했다.

"설마 했는데, 역시 너였구나."

"어?"

"급하다고 순간 이동을 할 줄이야. 그래도 지구인이 아니라 나한테 들켰네. 이게 행운일지, 불행일지."

뿔테 안경 너머로 날카로운 눈빛이 번뜩였다.

"너, 나를 알아?"

"모를 수가 없지. 우리 관계는 별로였지만."

그 말에 쇼쇼는 정말 놀랐다. 쇼쇼의 신조는 '주위에 폭탄을 만들지 말자.'였고, 자신과 '관계가 별로'인 이는 없기 때문이었다.

"너……, 누구야? 정체가 뭐지?"

뿔테 안경이 삐딱한 미소를 지으며 말했다.

"그건 중요하지 않아. 우리가 또 만났다는 게 중요하지. 이 별먼지야."

"뭐? 어떻게 그런 말을."

별먼지는 쇼쇼의 행성에서 정말 심한 욕이었다. 뿔테 안경은 쇼쇼를 뒤로한 채 화장실에서 나갔다. 뒤늦게 정신을 차린 쇼쇼는 그를 급히 따라나섰지만, 이미 사라지고 없었다. 번쩍하는 빛에 창문을 보니 비가 쏟아지고 있었다.

그때 앤이 다가왔다.

"하늘이 우중충하더니 비가 많이 오네. 하지만 걱정 마. 나한테 우산이 있어!"

앤은 가방에서 우산을 자랑스럽게 꺼냈다.

"다행이네. 그럼, 잘 가."

쇼쇼는 무심히 작별 인사를 하고 그대로 돌아섰다. 앤이 뒤에서 무슨 말을 했지만, 쇼쇼는 머릿속이 혼란스러워 아무것도 들리지 않았다. 계단을 내려가 문 앞에 서자, 빗줄기가 더욱 거세졌다. 쇼쇼는 비를 바라보며 뿔테 안경의 정체를 곰곰이 생각했다.

'아무리 생각해도 난 친절해. 친절하고 싶지 않은 상황에서도 친절하지. 그런데 나와 관계가 별로였다니. 말도 안 돼. 대체 누구일까?'

답답한 마음에 손으로 마른세수를 하는데, 뒤에서 앤의 목소리가 들렸다.

"쇼쇼! 걸음이 왜 이렇게 빨라!"

뒤를 돌아보니, 앤이 계단을 쿵쿵 내려오고 있었다.

"너, 우산도 없잖아. 가는 곳까지 내가 씌워 줄게!"

"괜찮은데."

"은인에게 이 정도는 해 줄 수 있다고! 어디로 가니? 버스 정류장? 아님 지하철역?"

쇼쇼는 기회를 봐서 순간 이동하려 했지만, 초롱초롱한 눈빛으로 바라보는 앤을 이길 자신이 없었다.

"그래, 그럼…… 지하첨먁에 데려다줘."

앤은 쇼쇼의 어색한 발음을 알아들은 듯 환하게 웃었다. 키가 더 큰 쇼쇼가 우산을 들었다. 둘은 거센 비를 뚫고 길을 걸었다. 가는 길에 가파르게 아래로 이어지는 계단이 있었다. 둘은 조심스럽게 계단을 내려갔다. 계단 중간쯤 왔을 때였다. 갑자기 둘의 몸이 앞으로 쏠렸다. 누군가 뒤에서 밀치기라도 한 것처럼!

"꺅!"

앤의 비명이 울려 퍼졌다.

'이건…… 누군가가 염력을 썼어!'

쇼쇼는 단숨에 상황을 파악하고 위쪽으로 고개를 돌렸다. 누군가가 급히 우산으로 몸을 숨기고 있었다. 하지만 그를 쫓을 시간이 없었다. 짧은 순간, 많은 생각이 오갔다. 이대로라면 둘 다 계단에서 굴러떨어질 터였다. 운이 나쁘면 슈트가 망가질지도 모른다. 무엇보다 앤이 크게 다칠 수 있었다.

'미치겠네, 진짜!'

쇼쇼는 자신도 모르게 앤의 손목을 붙잡았다. 순식간에 둘의 몸이 붕 떠올랐다. 염력을 쓰는 동안 쇼쇼의 본래 모습이 드러났다. 이상하리만치 큰 키, 머리 위에 달린 꽃, 광채가 뿜어져 나오는 몸, 보랏빛 초승달이 떠 있는 눈. 앤은 눈앞에서 벌어진 기이한 광경을 멍하니 바라봤다. 그리고 계단 밑으로 착지한 지 딱 오 초 후, 슈트가 작동하며 쇼쇼가 다시 평범한 지구인 소년의 모습으로 돌아갔다.

다행히 이 마법 같은 순간을 본 지구인은 아무도 없었다. 바로 옆에, 대단히 놀란 눈을 한 앤을 빼고 말이다. 앤은 충격을 받은 듯 말을 더듬었다.

"지, 지금 우리가 붕…… 떴는데? 근데 아까 전 네 모습이 꼭 외, 외계……."

쇼쇼는 다급하게 앤의 입을 막았다.

"제발…… 아무 말도 하지 마."

둘은 어느 건물 처마 밑으로 비를 피해 들어갔다. 앤은 여전히 충격에서 벗어나지 못한 눈빛으로 쇼쇼를 응시하고 있었다. 쇼쇼가 숨을 깊게 들이마시고는 말했다.

"부탁이 하나 있는데, 네가 아까 말하려던 건 절대 말하지 않았으면 좋겠어."

"뭐? 외계, 읍!"

"안 돼! 말하지 마!"

쇼쇼는 재빠르게 앤의 입을 틀어막았다. 앤이 고개를 끄덕이자 그때서야 손을 뗐다. 앤은 "후우!" 하고 숨을 내뱉고는 물었다.

"왜 그러는데?"

"대회에서 탈락하니까."

"대회? 무슨 대회?"

앤이 눈을 동그랗게 뜨고 물었다.

"나는 지금 '지구인으로 살아 보기 대회'에 참가 중이야. 그런데 지구인에게 '너, 외계인이야?' 같은 말을 들으면 즉시 탈락해."

"나한테 이미 네 정체를 들켰지만, 외⋯⋯."

앤이 잠시 멈칫하고는 다시 말했다.

"'너 외. 음. 음이야?' 이 말을 듣지 않아서 대회를 탈락하지 않은 거야?"

"그런 거 같아. 이 슈트가 심판인데, 나를 탈락시키지 않은 걸 보면."

쇼쇼는 옷을 가리키며 말했다. 앤은 여전히 이해가 안 된다는 표정이었다. 그러자 쇼쇼가 덧붙였다.

"내가 이 슈트를 입고 있어서 지구인으로 보이는 거야. 이 슈트는 위장 기능도 있고, 언어 번역도 해 주고, 대회 심판 역할까지 해."

앤은 고개를 끄덕이다가 물었다.

"근데 왜 나랑 밥을 먹었어?"

"미션이거든. 지구인에게 밥 사 주기. 네 덕분에 성공했어."

쇼쇼는 걱정스런 눈빛으로 앤을 바라보며 무슨 말을 더 해야 할지 고민했다. 그러나 그 순간, 앤이 쇼쇼의 손을 덥석 잡았다. 쇼쇼는 화들짝 놀랐다.

"진짜, 기대 이상이다! 와! 나, 지금 너무 신기해서 말이 잘 안 나와!"

앤은 흥분을 감추지 못한 표정이었다.

"내가 다른 세계에서 온 애를 만나다니! 같이 떡볶이도 먹다니!"

"소문 안 낼 거지? 약속해, 아무한테도 말하지 않겠다고."

앤은 입을 지퍼로 잠그는 시늉을 했다.

"물론이지. 우린 친구니까."

"고마워, 정말."

쇼쇼는 이런 지구인을 만나 운이 좋다고 생각했다. 그러나 그다음, 앤의 말을 듣고 귀를 의심했다.

"좀 더 놀다가 집에 갈 수 있어서 얼마나 기쁜지 몰라."

"무슨 말이야?"

"아니, 이런 완벽한 친구가 어디 있냐고. 초능력 있지, 카드 있지. 나랑 며칠만 더 있어 줘!"

쇼쇼는 헛웃음을 지었다.

"난 말이야. 여기 놀러 온 게 아니라, 대회를 치르러 온 거야."

이상한 협상 49

그 말에 앤이 크게 웃었다.

"누가 보면 임무 수행하러 온 줄 알겠네! 그냥 대회잖아, 대회!"

"나한텐 중요한 대회야."

"왜 중요한데?"

"왜냐면…… 우승 상품이 필요하거든. 그래서 너랑 친구 놀이 할 여유가 없어."

"우승 상품이 뭔데?"

"그건 아직 몰라. 아주 특별한 무언가 같아."

앤은 쇼쇼를 뚫어지게 바라보다가, 곧 당당히 말했다.

"그럼 협상을 하자."

"협상?"

"난 네가 대회에 우승하도록 도울게. 대신 너는 내 일탈을 도와줘. 어때? 꽤 괜찮은 협상 같은데."

"미안하지만 거절할게. 난 도움이 필요 없어."

"내가 말 안 하려 했는데…… 아까 떡볶이 먹을 때 너 진짜 이상했거든?"

앤이 진지하게 말했다.

"나 따라 하는 것도 웃겼는데, 포크를 몇 번이나 떨어뜨리지 않나, 얼굴에 소스를 잔뜩 묻히질 않나! 게다가 뜨거운 물을 한 번에 들이켜도 멀쩡하더라?"

아까 지구인들을 따라 정수기에서 물을 따랐는데, 그건 뜨거운 물이었다. 쇼쇼는 아무렇지도 않게 뜨거운 물을 마셨지만, 앤은 '앗 뜨거!' 하며 컵을 내려놨다.

쇼쇼는 정신이 아찔해졌다.

"그니까 내 도움이 필요하겠지?"

앤은 야무지게 쇼쇼의 마음을 돌려놓았다. 정말 이상한 협상이지만, 앞으로의 미션에서 분명 도움이 될 것 같았다.

"좋아, 협상 완료."

"근데 집이 어디야? 카드도 있는 걸 보니, 되게 좋은 집이겠지?"

쇼쇼는 앤과 함께 캠핑 용품점에 가서 앤이 쓸 텐트와 생활에 필요한 물건들을 샀다.

앤은 물었다.

"이 텐트는 왜 산 거야?"

"곧 알게 될 거야."

쇼쇼는 아무도 없는 곳으로 가서 앤의 손목을 잡았다.

"잠깐만 잡을게."

팟!

주변이 빛으로 휩싸이더니, 둘은 숲속으로 이동했다. 그 순간, 쇼쇼의 본래 모습이 잠깐 스쳐 갔다. 앤은 눈을 크게 뜨며 주위를 둘러보았다. 비가 그친 숲속에는 촉촉한 나무 냄새가 가득했다.

"여긴…… 숲속이잖아? 나, 지금 순간 이동한 거야?"

"보다시피."

앤은 황홀한 표정으로 잠시 서 있었다. 그리고 텐트를 가리키며 외쳤다.

"설마 여기가 집이야?"

"알겠지만 청소년은 집을 살 수 없잖아. 여긴 꽤 완벽한 은신처야. 공기 좋고, 지구인도 없고."

"맙소사! 숲속의 텐트라니. 나, 정말 꿈을 꾸는 거야?"

앤은 신이 나서 텐트 쪽으로 달려갔다. 그러다 문득 호기심 가득한 얼굴로 되돌아왔다.

"근데 있지, 네 본모습은…… 남자야, 여자야?"

"난 그냥 에너지 덩어리, 한 송이의 꽃, 우주 속에 흐르는 하나의 파동이야."

앤이 큰 눈을 꿈뻑거렸다. 쇼쇼는 다시 말했다.

"음, 쉽게 말할게. 난 성별이 없어."

"와! 곰팡이랑 비슷하구나! 뭔가 기분이 묘하네."

앤은 팔다리를 흔들며 춤을 추었다. 쇼쇼는 텐트로 들어가 노란 전구를 켰다. 금세 텐트 안이 부드러운 빛으로 가득 찼다. 앤이 힐끔 텐트 안을 보았다. 《지구에서 안 들키고 사는 101가지

방법》,《지구인처럼 보이는 법 : 실패 사례 포함》같은 책들이 눈에 띄었다.

"이 책들 다 본 거야?"

"공부 중이야. 아직도 모르는 게 많아."

쇼쇼는 하늘을 올려다보았다.

"곧 어두워지겠네. 빨리 텐트를 쳐야겠다."

쇼쇼는 염력을 쓰기 시작했다. 그의 손짓에 텐트 천이 생명체처럼 움직이더니 순식간에 완벽한 형태를 갖추었다. 능력을 쓰는 동안 쇼쇼는 또다시 본래 모습으로 돌아갔다. 앤은 텐트 안으로 들어가 이불을 깔고 램프와 베개 등을 놓았다.

"이건 5성급이 아니라 500성급, 아니, 우주급 숙소야!"

앤은 만족한 듯 이불을 끌어안고 뒹굴었다. 바로 옆 텐트에서 쇼쇼가 말했다.

"잘 자."

"어어, 벌써 잔다고?"

"피곤해."

앤은 잠시 침묵하더니 말했다.

"쇼쇼, 우리 내일 뭐 할까?"

"너 하고 싶은 거. 일탈 중이라며?"

"아……, 꿈만 같아. 내일만 생각하면 끔찍하고 지쳤는데. 이렇게까지 내일이 기대되는 건 처음이야, 진짜."

앤이 기대에 부푼 아이처럼 혼자 웃었다. 밤이 깊어 가고, 부엉이 울음이 자장가처럼 퍼졌다.

그날 밤, 쇼쇼는 꿈을 꾸었다. 뿔테 안경에게 다가갈수록 그는 점점 더 멀어졌다. 정체를 드러낼 생각이 전혀 없다는 듯이.

다음 날 아침, 앤은 일찍 일어나 쇼쇼를 흔들어 깨웠다.
"쇼쇼, 일어나! 오늘 해야 할 일들이 많아."
쇼쇼가 눈을 비비며 일어나자 앤은 종이를 펼쳐 보였다.
"짠! 내가 버킷 리스트를 적어 봤어!"

- 과자 파티 하기 (감자칩과 초콜릿은 필수!)
- 신비로운 상점 가기 (이거다 싶은 거 사기)
- 자전거 타기 (손 놓고 타기 도전)
- 착한 일 하기 (아직 미정)
- 전시회 열기 (그냥 일단 써 봄)
- 환상적인 체험하기 (쇼쇼랑 날기)
- 지하철 타고 아무 데서나 내리기 (어디로 갈지 모르는 스릴 만끽!)
- 바닷가 걷기 (해 질 녘이어야 함!)

쇼쇼는 호기심 넘치는 악마와 협상했다는 걸 뒤늦게 깨달았다. 그는 잠이 덜 깬 채로 종이를 들여다보았다.

"환상적인 체험하기……, 쇼쇼랑 날기?"

앤은 장난기 가득한 미소를 지으며 대답했다.

"초능력을 가진 친구가 있어서 적어 봤지."

"안타깝네. 난 함부로 능력 안 쓸 거야!"

첫 번째로 들른 곳은 작은 상점이었다.

책 냄새가 은은하게 감돌고, 오래된 소품들로 가득 찬 곳이었다. 앤은 보물찾기하듯 상점을 구석구석 살피다가 붉은 노트 하나를 발견했다.

"쇼쇼, 그거 알아? 어느 작가는 노트를 고를 때, 집에 반려견을 들이는 것처럼 신중하게 고른대."

앤의 눈빛이 반짝였다.

"난 이걸로 정했어!"

쇼쇼는 앤이 고르는 건 뭐든 사 주기로 했으므로 고개를 끄덕였다. 그리고 멍하니 서 있다가 가방 하나를 집어 들었다. 그러고는 이것저것 손에 잡히는 대로 담기 시작했다. 앤의 눈이 동그래졌다.

"그걸 다 사려고?"

"생각해 보니까 내가 대회에서 탈락할 수도 있잖아. 그걸 대비해서 지구의 물건이라도 많이 가져가려고."

둘은 공원으로 향했다. 지구인들은 잔디밭 위에 돗자리를 펴고 앉아 피크닉을 즐기고 있었다. 누군가는 벤치에 앉아 책을 들여다보고, 네 발 달린 생명체들은 공을 신나게 쫓았다. 그들의 시간은 한 조각 베어 물면 부드럽게 녹아내리는 과자 같았다. 쇼쇼는 그들을 물끄러미 바라보았다.

'이 대회만 끝나면…… 나도 꼭 놀아야지.'

늘 그랬듯이, 쇼쇼는 즐거움을 먼 미래로 예약해 두었다. 그때 앤이 어디선가 2인용 자전거를 끌고 왔다.

"앤, 엉덩이가 두 개였어?"

"뒷자리는 네 거거든! 어서 타!"

쇼쇼는 얼떨결에 앤을 따라 안장에 올랐다. 처음엔 몸이 제멋대로 흔들렸지만 곧 균형을 잡았다.

"이야호!"

앤이 핸들을 놓고 두 팔을 번쩍 들었다. 쇼쇼는 잠시 망설이다가 조심스레 한 손을 들어 봤다. 자전거가 술 취한 듯 비틀거리자 둘은 동시에 "으악!" 하고 외치다가, 웃음을 터뜨리며 핸들을 붙잡았다. 바람이 얼굴을 마구 간질였고, 쇼쇼의 입술 끝이 부드럽게 풀렸다.

한참을 달린 뒤, 앤이 서서히 브레이크를 잡았다.

"배고프지 않아?"

그제야 쇼쇼도 허기를 느꼈다. 둘은 자전거를 반납하고 거리를 걷다가 수제 버거 가게로 들어갔다.

햄버거가 나오자, 쇼쇼는 위에 빵만 집어 먹고 칠리소스를 입에 그대로 짜 넣었다.

"맛있네."

앤이 으으, 하며 칠리소스를 빼앗았다.

"지구인들은 그렇게 먹지 않아. 봐, 봐. 이걸 햄버거에 뿌리고, 나이프로 슥슥!"

앤이 시범을 보이고 햄버거를 먹었다.

"아, 개맛있어."

쇼쇼의 슈트는 그 말을 '개가 맛있다'고 번역했다.

"개가 맛있다고? 이건 개 아니고 햄버거잖아."

그러자 앤이 푸핫! 웃었다.

"엄청 맛있다는 소리야. 은어지."

"그렇구나. 이 슈트는 은어를 제대로 번역하지 못하는 거 같아."

"슈트가 은어를 잘 모른다고?"

"응."

그러자 앤이 장난스러운 얼굴로 이렇게 재잘거렸다.

"이 햄버거 존맛이야. 지금은 내 인생에 다시없을 레전드 방학인데, 쇼쇼는 킹왕짱이고, 난 정말 럭키비키야! 우리 방학 알잘딱깔센하게 보내자!" (이 햄버거 진짜 맛있어. 지금은 내 인생에 다시없을 최고의 방학인데, 쇼쇼는 대단하고, 난 정말 행운아지. 우리 방학 알아서 잘, 딱 깔끔하고 센스 있게 보내자!)

그러고는 궁금한 듯 물었다.

"슈트가 뭐래?"

"이 햄버거- 내 인생에-. 어? 번역 포기?"

"아하하! 미안, 미안. 이제 은어는 자제할게!"

버거 가게를 나온 후, 쇼쇼는 숲으로 돌아가고 싶었지만 앤은 종이를 보며 다음 할 일을 고민했다.

"나, 다음 버킷 리스트 정했어!"

"뭔데?"

"지하철 타고 아무 데서나 내리기!"

"아무 데서 왜 내리는데?"

앤은 가는 동안 심장이 두근거릴 거라고, 그리고 아무 데서나 내렸을 땐 더 두근거릴 거라고 말했다.

"그게 갬성이거든. 아, 갬성은 감성이라는 뜻이야."

쇼쇼와 앤이 탄 지하철은 퇴근하는 지구인들로 가득 차 앉을 자리가 없었다. 둘은 나란히 선 채로 창밖을 바라보았다. 잠시 후 지하철이 터널로 들어서자 창문이 까매졌다. 앤과 쇼쇼의 얼굴이 거울처럼 비쳤다.

"쇼쇼, 이건 비밀인데, 나도 순간 이동할 수 있어."

"농담 마. 지구인은 그거 못 해."

"믿어 봐, 눈 감으면 순간 이동시켜 줄게."

쇼쇼는 의심스러웠지만 눈을 감았다.

"우리는 우주를 가로지르는 지하철 안이야. 어디로 가는지는 몰라. 그저 계속 달릴 뿐이지."

앤의 목소리가 나긋하게 들려왔다.

"초록빛 은하를 지나고 이제는 아무것도 보이지 않아. 우주가 너무 광활해서 어둠 속에 멈춰 있는 것만 같아. 그런데⋯⋯ 저 앞에 블랙홀이 보이기 시작해. 커다란 괴물처럼 입을 벌리고 있어. 삼 초 후면 우린 그곳으로 빨려 들어가게 될 거야! 3, 2, 1⋯⋯. 왁!"

"악!"

앤이 갑자기 쇼쇼의 어깨를 툭 치며 놀래키자, 쇼쇼는 소리를 질렀다. 그 바람에 지하철 안에 있던 지구인들의 시선이 한꺼번에 쏠렸다. 마침 문이 열리자, "잠시만요!" 하며 나가는 지구인들에 떠밀려 둘은 휩쓸리듯 내렸다. 앤은 혼자서 배를 잡고 깔깔 웃었다.

쇼쇼는 잠시 말문이 막혔다가 입을 열었다.

"그걸 순간 이동이라고 한 거야?"

"난 말이야, 영혼이 시공간을 초월해서 어디든 갈 수 있다고 믿어."

쇼쇼는 어이없다는 듯 되물었다.

"뭐? 그게 말이 돼?"

"잠깐이라도 그곳에 있었던 것 같지 않니?"

"그냥 상상한 것뿐이잖아. 네가 만든 환상일 뿐이라고!"

앤은 놀란 듯 눈을 크게 떴다.

"근데…… 왜 그렇게까지 화내?"

"난 너무 놀라거나 충격받으면 염력이 튀어나온단 말이야. 하마터면 대회에서 탈락할 뻔했다고."

"미안해. 나는 그냥…… 널 기분 좋게 해 주려고 그랬어. 내 상상으로 널 즐겁게 해 주려고 한 건데……."

앤은 당황한 듯 자기 손끝을 만지작거렸다. 쇼쇼는 깊게 한숨을 내쉬었다.

"쓸데없는 장난 때문에 다 망칠 뻔했어!"

"쓸데없는 장난?"

앤의 눈빛에는 상처받은 기색이 역력했다. 하지만 쇼쇼는 단호하게 말했다.

"난 지구에 놀러 온 게 아니야. 앤도 알잖아."

"그래, 알아……. 가자, 집에."

숲속에 돌아온 앤은 힘없이 텐트로 발길을 옮겼다.

"……그럼 나 먼저 들어갈게."

쇼쇼는 앤이 무척 신경 쓰였지만, 어떻게 말을 꺼내야 할지 몰랐다. 고개를 푹 숙이는데, 처음 보는 발자국이 눈에 들어왔다.

"이게 뭐지?"

쇼쇼의 말에 앤이 걸음을 멈추고 돌아섰다.

"이건……."

앤의 얼굴이 새하얗게 질렸다.

쿠에엑.

풀숲에서 거대한 멧돼지가 불쑥 나타났다. 멧돼지는 성난 눈빛으로 금방이라도 달려들 기세였다.

쇼쇼는 물었다.

"우리, 위험한 거야?"

앤이 절박하게 외쳤다.

"당연하지! 지금 멧돼지가 우리한테 덤비려는 거라고!"

멧돼지가 돌진해 왔다. 쇼쇼는 앤을 뒤로 끌어당기며 오른손을 뻗었다. 그의 염력으로 멧돼지가 하늘로 떠오르더니 멀리까지 날아갔다.

"휴우, 저 멀리에 안전하게 내려놨어."

쇼쇼는 손을 털며 숨을 골랐다. 그제야 앤은 다리에 힘이 풀린 듯 주저앉았다.

"하아, 고마워."

앤이 텐트로 들어가려 하자, 쇼쇼가 물었다.

"갬성…… 더 즐길래?"

밤하늘에는 별들이 총총히 빛나고 있었다. 그들은 나뭇가지를 모아 성냥으로 불을 붙였다. 불꽃이 타닥타닥 소리를 내며 빛을 뿜어냈다.

"자, 이거."

앤이 마시멜로를 꽂은 나뭇가지를 내밀었다.

"고마워."

쇼쇼는 나뭇가지를 만지작거리며 말했다.

"아까…… 미안해, 내가 너무 심하게 말했어."

앤이 살며시 미소 지었다.

"괜찮아, 괜찮아. 조심했어야 했는데, 내가 미안해."

"아깐 당황해서 제대로 생각할 틈이 없었어. 그런데 네 상상, 꽤 신기하긴 했어."

"그건 그렇지?"

"응, 정말로 거기에 다녀온 것 같았어."

마시멜로가 노릇노릇해지자, 앤이 바삭한 겉면을 베어 물며 말했다.

"근데 엄마는 내가 상상 같은 거 얘기하면 한숨 쉬어. 그럴 시간에 공부나 많이 하래."

"공부를 많이 해?"

앤은 숨도 쉬지 않고 말을 내뱉었다.

"음, 토 나오게……. 매일 수학 클리닉에, 국어랑 영어 과외를

연달아 해. 으아, 난 진짜 빡세게 살고 있어. 빡세다는 건 아주우우 힘들다는 뜻이야."

"그렇게까지 해야 돼?"

"엄마는 이래야 안심이 되나 봐. 내가 지칠까 봐 한의원에서 총명탕까지 지어 주셔. 우리 집은 부자도 아닌데……."

앤은 불안한 듯 손톱을 물어뜯었다.

"난 소설책 진짜 좋아하거든? 근데 엄마가 내 방 책들을 다 치웠어. 대학 가서 보면 된대. 딸기 잼 없이 식빵 먹는 기분, 알아?"

앤이 얼굴을 찌푸렸다.

"《빨간 머리 앤》만큼은 놔두라 그랬는데! 아, 그건 내가 제일 좋아하는 책이야."

"앤? 너랑 이름이 똑같네?"

"내 별명이 앤이거든. 친구들이 내가 꼭 빨간 머리 앤 같다고 붙여 줬어."

"앤은 어떤 아이인데?"

"나처럼 상상하는 걸 좋아해. 그거 알아? 상상을 현실처럼 생생하게 하다 보면 뇌는 그걸 진짜처럼 받아들인대. 그래서 상상만으로도 위안이 되나 봐."

쇼쇼는 고개를 끄덕이며 말했다.

"그런 상상은 언제부터 했던 거야?"

"글쎄, 초등학교 5학년 때쯤인가……."

그즈음, 엄마는 앤의 학원과 과외를 하나둘씩 늘려 갔다. 놀 시간이 점점 사라졌지만 그게 당연한 일처럼 느껴졌다. 주변 친구들도 다 그랬으니까. 놀이터에서 뛰놀던 기억은 희미해졌고, 친구들은 학원에서만 만나는 게 일상이 되었다.

엄마는 늘 이렇게 말했다.

"엄마는 네게 물고기를 주는 게 아니라, 잡는 법을 가르쳐 주려는 거야."

하지만 가끔은 묻고 싶었다. 낚싯대를 잠깐 내려 두고 놀면 안 되냐고. 그런데 하루 종일 일하고 돌아온 엄마의 지친 얼굴을 보면, 그 말이 목구멍까지 올라왔다가 사라졌다.

그러던 어느 날, 밤 11시가 넘도록 숙제를 반밖에 못 했을 때, 앤은 멍하니 벽을 바라보았다. 앤은 평화로운 해변가를 상상했다. 빛나는 윤슬과 태평하게 부서지는 파도를. 그것들이 자신의 상황을 위로해 주길 바라면서. 그 순간 조용한 음악처럼 파도 소리가 들려왔다.

사르르르르-.

마치 마법처럼 앤의 방은 해변으로 변해 갔다. 앤은 방 안에 있었지만, 동시에 해변 어딘가에 앉아 있었다. 눈앞의 바다는 반짝였고, 따뜻한 모래는 발바닥에 장난스럽게 달라붙었다. 여전히 숙제가 쌓여 있었지만 잠시나마 해변에 있는 듯한 기분에 사로잡혔다.

상상은 위대했다. 엄마는 앤의 자유로운 영혼을 막지 못했다. 그렇게 새벽 1시까지 숙제를 하면서도 위안을 받았다. 그날 밤, 앤은 침대가 아닌 해변의 모래에서 깊이 잠들었다.

그날 이후, 상상은 언제나 앤의 곁에 있었다. 상상은 위로였고, 놀이터였으며, 언제든 도망칠 수 있는 문이었다.

쇼쇼는 마시멜로를 몽땅 꺼내 나뭇가지에 꿰고 앤에게 내밀었다.

"우주 다큐에서 봤던 거 같아. 실제로, 정신문명이 발달한 행성에선 상상이 치유에 쓰인다고 하더라고. 앤은…… 앞서 나가고 있는지도 몰라."

앤은 마시멜로를 받아 들고 작게 웃었다.

"궁금한 게 있는데, 물어봐도 돼?"

"물어봐."

"머리 위에 꽃은 왜 그래?"

쇼쇼는 잠시 침묵했다.

"아, 봤구나. 우리 종족은 머리에 꽃이 달려 있어."

"아니, 그게 아니라."

앤은 고개를 저었다.

"시들어 있길래."

쇼쇼는 정말 깜짝 놀랐다. 완벽히 숨겼다고 생각했는데……. 누구에게도 들키지 않으려고 꽃에 색을 칠하고, 줄기를 핀으로

이상한 협상

고정했는데, 고작 열다섯 살짜리 지구인이 꽃이 시들었다는 걸 알아채다니. 마음 깊숙한 곳까지 읽힌 기분이었다.

"계단에서 넘어지려 할 때, 순간 이동할 때, 텐트 만들 때……. 그리고 오늘도. 볼 때마다 꽃이 다 죽어 가길래 진작부터 물어보고 싶었어."

쇼쇼는 천천히 입을 열었다.

"꽃은 내 영혼과 연결되어 있어. 보면 알겠지만, 지금 내 영혼의 상태가 좋지 않아."

"넌 어떻게 살아왔던 거야?"

돌이켜 보면 그저 열심히 살았을 뿐이다. 그 노력은 전시관의 성공을 가져다주었지만, 이상하게도 즐겁지 않았다. 꽃이 시든 걸 들켜서일까? 더는 숨길 필요가 없었다. 하루하루 버티듯 살아온 날들, 친구들과 자신을 비교하며 움튼 열등감, 꽃이 시들어 의사를 만난 일까지 모든 걸 털어놓았다.

다 듣고 난 앤은 말없이 쇼쇼의 머리를 쓰다듬었다.

"무슨 뜻이야?"

"꽃아, 살아나라, 살아나라. 주문 거는 거야."

앤이 따뜻한 눈길로 속삭였다.

"내가 좋아하는 빨간 머리 앤의 말이 있어. 난 내가 아닌 다른 사람이 되고 싶지 않아."

앤은 미소를 지으며 쇼쇼를 바라봤다.

"남들 눈치 보지 말고, 비교도 하지 말고, 내가 원하는 삶을 살라는 말인데……. 이게 생각보다 어렵거든. 나도 잘 못하고 있지만 계속 연습 중이야."

쇼쇼는 마침내 자신이 왜 지쳤는지, 기차의 연료가 왜 바닥을 보이기 시작했는지 깨달았다. 쇼쇼가 전시관을 만든 이유는…… 사실 그냥 멋져 보여서였다.

더 깊이 들여다보면, 누군가에게 '잘 살고 있다'는 말을 듣고 싶었던 거다. 아니, 어쩌면 금월 가문 친구들과 어울릴 만한 존재가 되고 싶었는지도 모른다. 쇼쇼의 기차는 무거운 마음을 가득 싣고 달렸던 것이다.

앤과 쇼쇼는 타오르는 불빛을 보며 조용히 생각에 잠겼다.

불이 꺼져 갈 때쯤, 앤이 밝은 목소리로 속삭였다.

"그리고 보면 쇼쇼도 방학인 거네."

"그렇게 생각해 본 적은 없는데."

"어쨌든 일을 잠시 쉬는 거잖아. 쇼쇼는 방학이 필요해. 마음이 즐거워하는 일들을 밀어내지 마. 쇼쇼의 영혼은 그것들을 필요로 하니까."

나 좀 도와줄 수 있어?

다음 날 아침, 경쾌하게 지저귀는 새소리에 눈을 뜬 쇼쇼는 텐트 밖으로 나와 생각에 잠겼다.

'첫 번째 미션은 다들 성공했을까? 이번엔 앤을 만나서 잘 넘어갔지만, 다음에는…….'

뉴스를 확인하려고 왼쪽 어깨를 톡톡 쳤다. 홀로그램 뉴스가 떠오르자 뒤에서 "오, 오?" 하며 놀라는 소리가 들렸다. 뒤를 돌아보니, 앤이 기지개를 켜던 그대로 멈춘 채 눈을 껌뻑이고 있었다.

"저 흐느적거리는 건 뭐야?"

"외계어야. 우리 은하 표준어지."

쇼쇼는 앤을 위해 뉴스를 읽어 주었다.

첫 번째 미션 탈락자 수 : 148명

생존자 수 : 402명

첫 번째 미션에서 살아남은 여러분, 축하합니다! '지구인에게 밥 사 주기' 미션에서는 많은 분들이 귀여운 실수를 했습니다. 한 참가자는 식당에서 순간 이동으로 음식을 가져오다 들켰고, 다른 참가자는 계산할 때 실수로 외계 화폐를 내밀어 정체가 드러났습니다.

"그럼 지금 지구에 외계인이 402명이나 있는 거야?"

"더 많지. 원정 오는 외계인, 연구하러 오는 외계인, 그냥 놀러 온 외계인들도 있으니까."

"외계인인지 어떻게 알아볼 수 있어?"

"흠, 뭐…… 갑자기 이상한 언어로 중얼거린다거나, 수상할 정도로 비밀이 많으면 의심해 볼 만하지."

"그런 사람이 한둘이 아닌데?"

"외계인일 수도 있어."

둘은 식당에서 아침을 먹고 나왔다. 앞쪽에서 경찰들이 다가오자, 앤이 고개를 숙이고 발걸음을 재촉했다.

쇼쇼가 급히 따라붙으며 물었다.

"왜 빨리 가?"

"조심해야 하거든. 엄마 아빠가 가출 신고를 했을지도 몰라서."

마침내 골목으로 빠져나오자, 앤은 크게 숨을 들이마셨다.

지이이잉-.

그때 쇼쇼의 옷에서 미세한 진동이 일었다. 쇼쇼가 살짝 긴장한 목소리로 말했다.

"미션이야!"

"미션?"

"응, 방송이 나한테만 들려."

📢 별의 친구들이여! 지구 생활을 잘 즐기고 계신가요?

오늘 두 번째 미션을 발표합니다. 바로, 지구인에게 '고맙습니다'라는 말을 듣는 것입니다. 단! 감사의 온도가 1-10 중에 10이어야만 성공으로 인정됩니다. 온도가 높을수록 고마움이 잘 전해졌다는 의미겠지요.

이 미션은 지구인과 깊은 감정적 교류를 하기 위함입니다. 슈트가 미션의 성공 여부를 판단할 것입니다. 자정, 그러니까 달빛이 가장 깊게 드리우는 시각까지 완수해야 성공입니다.

그럼 지구인의 마음을 사로잡아 보세요!

앤이 재밌다는 듯 말했다.

"고맙다는 말을 들으라니! 그것도 감사의 온도가 10이어야 한다고? 외계인들의 미션은 정말 웃기네!"

"도와줄 수 있겠어?"

"나, 지구에서 십오 년째야."

앤이 자신만만한 표정으로 주위를 둘러보았다. 그러다 길 건너, 커다란 가방을 질질 끌며 힘겹게 걷는 할머니를 가리켰다.

"저기 봐. 그냥 지나칠 수는 없겠지?"

쇼쇼는 상황을 파악하더니 고개를 끄덕였다. 둘은 성큼성큼 길을 건넜다. 쇼쇼가 할머니에게 말을 걸었다.

"제가 중력 부담을 좀 덜어 드릴게요."

그러고는 할머니의 커다란 가방을 한 손으로 번쩍 들어 올렸다. 마치 쟁반이라도 든 듯 가뿐하게. 지나가던 사람들이 쇼쇼를 힐끗거렸다. 앤은 못 말리겠다는 듯 고개를 절레절레 흔들었다.

"아이고, 학생이 참 힘도 좋고 인심도 좋네! 고맙구먼!"

할머니가 환하게 웃었다.

그 순간 쇼쇼의 눈빛이 살짝 반짝였다.

지이이잉.

옷에서 진동이 울렸다. 결과를 확인한 쇼쇼는 아쉬운 얼굴로 앤에게 속삭였다.

"온도 6. 아직 부족해."

앤은 그 말을 듣고 중얼거렸다.

"이 정도가 6이구나. 대충 감이 오네."

곧 앤이 할머니에게 말을 붙였다.

"할머니, 어디 가시는 길이세요?"

"응? 우리 집 양반이 병원에 입원해 있어서. 옷이랑 이것저것 챙겨 가는 길이야."

"병원이요?"

앤은 뭔가 좋은 생각이 떠오른 듯했다.

"저희도 병원 가요! 거기까지 도와 드릴게요."

얼마 지나지 않아, 병원에 도착했다. 할머니는 고맙다며 쇼쇼와 앤에게 우유 두 개를 주었다. 쇼쇼와 앤은 우유를 마시면서 할머니를 배웅했다.

쇼쇼가 앤에게 물었다.

"좋은 생각이라도 있어? 병원에는 왜?"

앤이 기대에 찬 미소를 지으며 대답했다.

"무거운 가방 대신, 무거운 마음을 덜어 주는 거지."

그들은 병원 곳곳을 돌며 기회를 엿보았다. 휠체어를 정성껏 밀어 주고, 말없이 눈물을 흘리는 지구인에게 휴지를 건네고, 어린이 병동에 들러 아이들과 그림도 함께 그렸다.

그러다 형편이 몹시 어려운 아이를 알게 되었다. 쇼쇼는 그 아이 손에 조심스럽게 봉투를 쥐여 주었다. 감사의 온도는 7을 넘지 않았지만, 그 순간만큼은 미션이 중요하지 않았다.

지구인들을 도우며 오히려 힘을 얻은 쇼쇼는 의욕에 찬 목소리로 말했다.

"앤, 뭐든 해 볼게. 더 알려 줘."

앤은 잠시 생각하다가 천천히 입을 열었다.

"자, 퀴즈야! 병문안 갈 때, 사람들이 제일 많이 들고 가는 건?"

쇼쇼가 사는 행성에서는 치유 에너지가 담긴 돌을 선물로 주지만, 지구에서는 무엇을 가져가는지 알 수 없었다. 쇼쇼는 고개를 갸웃거리며 되물었다.

"햇빛을 담은 유리병? 달빛 모은 차?"

"음, 신선한데?"

앤이 눈을 깜빡이며 대답했다.

"하지만 땡! 우리는 먹을 걸로 위로를 하지."

앤과 쇼쇼는 양손에 과일이 가득 든 봉지를 들고 병실 앞에 섰다. 그런데 앤이 갑자기 배를 움켜쥐었다.

"윽, 아까 그 우유가 이상했나? 나, 화장실 좀!"

"그럼 나 혼자 들어가라고?"

쇼쇼가 당황하며 물었다. 앤이 미안한 표정으로 고개를 끄덕이고는, "먼저 들어가!" 하며 급히 복도를 달려갔다. 쇼쇼는 할 수 없이 마음을 다잡고 병실 문을 열었다. 환자들이 무료하게 있을 거라고 예상했지만, 병실은 뜻밖에도 웃음소리로 가득했다. 한 학생이 환자들에게 과일을 나눠 주며 활짝 웃고 있었다.

"이건 비타민 덩어리! 하나 드시면 힘이 넘칠 거예요!"

학생은 애교로 환자들의 기분을 돋우고 있었다.

한 아주머니가 블루베리를 받으며 물었다.

"에구! 이거, 진짜 다 주는 거야?"

"그럼요, 저희 할아버지가 옆 병실에 다 돌리라고 하셨어요."

그 순간 학생의 시선이 쇼쇼의 얼굴과 그가 든 과일 봉지로 향했다. 지구인이 이렇게 자신을 빤히 보는 건 처음이었다. 묘한 기분이 들었지만, 깊이 생각할 틈은 없었다. 쇼쇼는 곧바로 다른 병실로 자리를 옮겼다.

"저는 과일을 나누고 싶은 학생입니다. 이거 드시고, 생명 에너지를 회복하시길 바랄게요."

말투는 좀 어색했지만, 분위기는 나쁘지 않았다. 쇼쇼는 기대감에 차서 결과를 기다렸다.

📢 방금 들은 고맙습니다의 온도는 6입니다.
　 방금 들은 고맙습니다의 온도는 7입니다.

온도는 6에서 7을 오갈 뿐이었다. 쇼쇼는 크게 실망하며 병실 문을 박차고 나왔다. 등 뒤에서 "나는 과일 못 받았는데!" 하는 소리가 들렸지만 조금도 개의치 않았다.

'정말 쉽지가 않네.'

쇼쇼는 복도 의자에 푹 주저앉았다. 그때 옆자리에 누군가가 앉았다. 아까 병실에서 본 그 학생이었다. 학생이 조심스럽게 물었다.

"너……, 맞지?"

"아."

학생도 외계인이었던 것이다. 둘은 자연스럽게 지구인이 드나들지 않는 비상계단으로 이동했다. 쇼쇼가 먼저 입을 열었다.

"너도 고맙다는 말 들으려고 과일 돌린 거야?"

학생은 살며시 고개를 저었다.

"아니. 알고 지내던 할아버지가 입원하셨는데, 과일이 먹고 싶다고 하셨어. 그리고 그분 덕분에 미션을 성공했지! 생각도 못했는데, 운 좋게 터진 거야. 근데 지구인들이 과일 꽤 좋아하더라고. 그래서 그냥 돌려 봤어."

쇼쇼는 무척 부러운 눈빛으로 말했다.

"축하해."

학생은 즐겁게 고개를 끄덕였다. 쇼쇼는 미소를 짓다가, 이마에 손을 올리며 몸을 비틀거렸다.

"야, 괜찮아? 뭐 그렇게까지 좌절하냐? 그래 봤자 대회 탈락밖에 더 해?"

쇼쇼가 힘없이 말했다.

"난 무슨 일이 있어도, 이 대회에서 우승해야 해."

"아직 시간이 있잖아. 진심을 다해 보라고."

"진심을 다한다는 게 뭐야?"

"글쎄……, 상대방과 가까워지는 일 아닐까?"

쇼쇼는 생각에 잠겼다. 누군가와 가까웠던 적이 있었던가? 쇼쇼는 동료들과 사이가 좋았다. 하지만 그들과 깊은 사이는 아니었다. 동료들과 함께 일할 때도, 전시관 셀러들과 말을 섞을 때도 감정에 선을 그었다. 매번 빠르고 깔끔하게 일하는 데만 집중했다.

동료들은 종종 사적으로 식사 약속을 잡았지만 그 자리에 쇼쇼는 부르지 않았다. 그럴 때마다 쇼쇼는 마음이 조금 시려 왔다. 우연히 "쇼쇼 님은 다정하고 다 좋은데, 뭔가 벽이 있는 거 같아."라는 말을 들었을 때도, 아무 일도 없었던 것처럼 넘어갈 수밖에 없었다. 그러니까 쇼쇼는…… 누구와도 마음을 깊이 주고받지 않았다.

"그럼 은하수의 기적이 나타나길!"

"응원 고마워."

학생은 시험이 막 끝난 아이처럼 홀가분하게 비상문을 나갔다. 쇼쇼는 남은 과일 한 봉지를 바라보다가 자신도 모르게 병실로 발길을 돌렸다.

쇼쇼가 다시 들어가자, 지구인 아저씨가 퉁명스럽게 외쳤다.
"아까 나, 과일 못 받았다니까!"
아저씨는 팔에 깁스를 두른 채 고통스러운 표정을 짓고 있었다. 쇼쇼는 다가가 과일 봉지를 내밀었다.
"여기 있어요. 제가 미처 못 드렸네요."
쇼쇼는 그 옆에 앉아 귤껍질을 까기 시작했다. 아저씨는 예상치 못했다는 듯 놀란 표정으로 쇼쇼를 쳐다봤다.
"팔 많이 아프세요?"
"응, 부러져서 일도 못 하고 있어."
원래의 쇼쇼라면, "그렇군요. 빨리 낫기를 바랍니다." 하고 넘어갔을 것이다. 하지만 이번엔 조금 달랐다. 잠시, 지구인의 고통을 생각해 보았다. 그러자 가슴이 부르르 떨려왔다.
"힘들었겠어요."
마음 깊은 곳에서 흘러나온 말이었다. 아저씨의 눈빛이 부드러워졌다. 그가 고맙다고 말했다.

📢 방금 들은 고맙습니다의 온도는 8입니다.

기대도 하지 않았는데, 쇼쇼는 속으로 조금 놀랐다. 병실 문을 열고 나서자 복도에서 앤이 헐레벌떡 뛰어오고 있었다. 앤이 숨을 고르며 물었다.

"어떻게 됐어?"

"실패했는데……. 기분은 괜찮았어."

"기분이 괜찮았다고?"

앤이 고개를 갸웃했다.

"응, 그냥 진짜로 누군가를 도운 것 같아서."

쇼쇼는 아까 아저씨와 나눈 짧은 대화와, 미션 성공한 외계인을 만난 일을 들려주었다.

앤이 감동한 듯 말했다.

"쇼쇼, 8이나 받았다니 대단해!"

쇼쇼는 멋쩍게 웃었다. 이제 뭘 할 수 있을까? 그는 잠시 넋을 놓았다. 앤이 벽에 걸린 시계를 보더니 중얼거렸다.

"어, 벌써 시간이…… 오후 4시가 넘었네."

그러다 쇼쇼를 보며 의미심장한 미소를 지었다.

"이렇게 된 거, 마지막 방법이 있긴 한데."

쇼쇼가 실낱같은 희망을 담은 눈으로 물었다.

"뭔데?"

앤이 두 팔을 활짝 펴며 말했다.

"우리가 디오니소스가 돼서, 지친 영혼들에게 즐거움을 주는 거야!"

"디오니소스?"

"그리스 신화에 나오는 축제와 파티의 신이야."

"지친 영혼들은 누군데?"
"내 친구들!"

5시 30분. 쇼쇼와 앤이 순간 이동으로 도착한 곳은 한 기숙 학원의 뒤 건물이었다. 그들은 조심스레 발걸음을 옮겼다.
마트에서 과자, 컵라면, 음료수, 초콜릿 케이크까지 한가득 챙긴 다음, 소품 샵에서 앤이 신나게 파티 용품과 파자마를 골랐다. 앤은 리아와 주리에 대해서 이야기해 주었다.
"내 친구들은 문제집보다 웹툰을 더 많이 보는 애들이야. 그런 애들이 여기 갇혀 있으니까 몸이 얼마나 근질거리겠어?"
마침 저녁 시간이라 학생들이 식당으로 우르르 이동하고 있었다. 앤이 반가워하며 속삭였다.
"저기, 저기! 쟤네야! 얼굴 죽상인 애들 보이지?"
리아와 주리는 지친 얼굴로 맨 뒤에서 느릿느릿 걸어가고 있었다. 그 틈을 타 앤과 쇼쇼는 몰래 기숙사 건물로 뛰어들었다. 1층은 남자 기숙사, 2층은 여자 기숙사인 듯했다.
앤이 속삭였다.
"2층으로 올라가자."
마음을 졸이며 계단에 발을 올리는 순간, 갑자기 뒤에서 인기척이 느껴졌다. 쇼쇼는 반사적으로 고개를 돌렸다. 낯익은 뿔테 안경. 또 그 애였다. 뿔테 안경은 뜻밖의 재회에 놀란 표정을 짓더니, 곧 어이없다는 듯이 웃었다.

"올라가려는 거야? 남자는 2층 출입 금지인 거 몰라? 그리고 여기 학생도 아니잖아."

짧은 침묵이 흘렀다. 앤이 슬쩍 물었다.

"그런데 너도 남자 맞지?"

"맞는데. 왜?"

"그럼 2층에 못 올라오겠네?"

"뭐?"

"쇼쇼, 뛰어!"

앤은 말이 끝나기 무섭게 계단 위로 올라갔다. 쇼쇼도 황급히 앤을 뒤따랐다.

뿔테 안경은 밖으로 뛰어나가며 소리쳤다.

"원장 선생님! 여기 이상한 애들 있어요!"

"치사하게 이르네."

앤이 말했다.

"어서 리아와 주리 방을 찾자!"

2층에 올라서자 긴 복도가 펼쳐졌다. 수십 개의 방이 양쪽으로 늘어서 있었고 각 방의 문 옆엔 기숙생의 이름표가 붙어 있었다. 둘은 흩어져 이름을 찾기 시작했다. 얼마 지나지 않아 1층 계단 아래에서 대화 소리가 들렸다.

"누가 몰래 침입했다고?"

"네, 분명히 봤어요."

뿔테 안경이 원장 선생님과 함께 계단을 올라오고 있었다.

"쇼쇼! 여기야!"

때마침 앤이 리아와 주리의 방을 발견하고 손짓했다. 쇼쇼는 곧바로 앤에게 날아갔고, 순간 이동으로 방 안에 들어갔다. 동시에 문밖에서는 "아무도 없는데? 우리 학생이겠지." 하는 소리가 들렸다.

"갔나 봐요. 아니면 숨었거나."

"여기 숨을 때가 어딨다고 그러니?"

그들이 계단을 내려가는 소리가 나자, 앤이 나직이 속삭였다.

"갔다, 갔어."

"하아, 살았다."

둘은 방 안을 둘러보았다. 침대 두 개와 책상 두 개, 그리고 한쪽 구석의 옷장이 눈에 들어왔다. 앤은 책상 벽에 붙은 시간표를 보고 표정이 굳었다. 아침 6시 30분부터 밤 12시까지, 공부 계획이 빼곡하게 적혀 있었다.

쇼쇼가 시간표를 한참 들여다보더니 말했다.

"시간표에 '숨 쉬기'는 없네. 있어야 할 것 같은데."

앤이 힘차게 외쳤다.

"오늘 제대로 파뤼 투나잇이다!"

그들은 풍선을 불고 음식을 늘어놓았다. 초콜릿 케이크에 촛

불도 꽂았다. 앤은 종이 가랜드를 벽에 붙이고 글씨를 적었다.

오늘 밤은 우리 것!

잠시 후, 학생들이 식사를 마치고 방으로 돌아오는 소리가 들렸다. 도어락이 해제되는 소리와 함께 문이 찰칵 열렸다.
"허업!"
리아와 주리는 문에 들어서자마자 그 자리에 주저앉고 말았다. 케이크를 들고 있는 앤과, 그 옆에 어색하게 웃고 있는 웬 남자아이가 있었으니까!
앤이 울먹이며 말했다.
"보고 싶었어, 얘들아."
"진짜 앤 맞아? 어떻게 여기까지 온 거야?"
"내 눈이 이상한 거야?"
리아와 주리는 믿을 수 없다는 듯 눈을 비벼 댔다.
"나 정말 앤이고, 이건 깜짝 파티! 서프라이즈야!"
셋은 서로를 쳐다보더니, "꺄아아!" 하고 소리를 질렀다. 하지만 곧 옆방에 들릴까 봐 입을 틀어막고, 흥분을 가라앉힌 채 소곤소곤 서로의 안부를 물었다.
리아가 물었다.
"근데 쟤는 누구야?"

앤은 쇼쇼에게 어깨동무를 했다.

"인사해! 내가 서울에서 신세 지고 있는 친구야."

쇼쇼가 로봇처럼 손을 흔들며 인사했다.

"반가워, 난 쇼쇼야."

"우리도 반가워!"

그때 밖에서 노크 소리가 들렸다.

"리아, 주리. 안에 있니?"

원장 선생님 목소리였다. 넷은 그대로 얼어붙었다. 앤이 재빨리 속삭였다.

"우리, 숨어야 돼!"

리아와 주리는 당황하며 주위를 두리번거리더니, 곧바로 옷장을 가리켰다.

"저기 들어가!"

쇼쇼와 앤은 황급히 풍선, 케이크, 과자 들을 끌어안고 옷장으로 몸을 밀어 넣었다. 크림이 옷에 묻는 것도 신경 쓸 겨를이 없었다. 리아와 주리는 허둥지둥 벽에 붙은 가랜드를 떼어 내고 급히 문을 열었다.

"왜 이렇게 늦게 문을 여니?"

리아가 억지로 입꼬리를 올리며 물었다.

"무슨 일로 오셨어요?"

원장 선생님이 손에 들린 휴대폰을 살짝 흔들며 대답했다.

"방금 금지수 어머님이 전화하셨어. 등록만 하고 아직 안 온 친구 맞지? 어머님이 너희와 통화하고 싶어 하시는구나."

금지수. 앤의 본명이었다. 옷장에 숨어 있던 앤은 손으로 입을 막았다. 리아는 태연한 척 말했다.

"아, 지수 어머니요? 제가 통화해 볼게요."

리아는 핸드폰을 건네받은 뒤 조심스럽게 인사를 했다.

"안녕하세요? 저, 리아예요."

쇼쇼와 앤은 숨죽이며 귀를 기울였다.

"리아, 잘 지내니? 주리도?"

앤 어머니의 목소리는 부드러운 듯하면서도 칼날처럼 날카로웠다.

"네, 저희는 잘 지내고 있어요."

"그래, 너희도 지수가 집을 나간 걸 알고 있지?"

"네……, 알고 있어요."

"혹시 지수가 어디 있는지 아니? 너희는 알 것 같은데?"

"저희도 몰라요. 정말이에요."

전화기 너머로 침묵이 흘렀다. 잠시 후 이어지는 목소리가 몹시 차가웠다.

"만약 연락이 되면 전해 줘. 어서 집에 돌아오지 않으면, 일 년 내내 방 안에 갇히게 될 거라고."

통화가 끝났다. 원장 선생님은 휴대폰을 받은 뒤, 리아와 주리에게 방을 잘 치우라며 잔소리를 하고서 방을 나섰다. 리아와 주리는 원장 선생님이 나가자마자 옷장 문을 열었다.

"괜찮아?"

앤은 친구들에게 걱정을 끼치기 싫은 듯 어깨를 으쓱하며 미소를 지었다.

"그럼 다시 파티를 하자고!"

그들은 과자와 다 뭉개진 케이크를 늘어놓고, 며칠 굶은 사람들처럼 와구와구 먹기 시작했다. 주리가 케이크 조각을 입에 넣으며 물었다.

"근데 이 방에 어떻게 들어왔다고 했더라?"

"어? 그게……."

앤과 쇼쇼는 머릿속이 하얘졌다. 순간 이동으로 들어왔다고 할 수는 없었다. 잠깐 머뭇거리던 앤이 입을 열었다.

"비밀번호를 열심히 맞췄어! 깜짝 파티인데, 그 정도 노력은 해야지. 그치, 쇼쇼?"

"앤이 딱 맞추더라고."

쇼쇼도 얼떨결에 장단을 맞췄다. 둘은 리아와 주리의 반응을 조마조마하게 지켜보았다. 그런데 의외로 그들은 뿌듯한 얼굴로 웃었다.

"너라면 알 줄 알았어!"

"우린 진짜 베프 맞네!"

앤은 어색하게 웃으며 말을 돌렸다.
"그럼 파티 분위기를 내 볼까? 다들 파자마로 갈아입자!"

앤은 개구리, 리아는 기린, 주리는 토끼 파자마로 갈아입었다. 쇼쇼는 슈트 위에 고양이 파자마를 겹쳤다. 앤이 쇼쇼에게 고양이 머리띠를 건넸다.
"이거 끼면 정말 귀여울 거야!"
"난 귀엽고 싶지 않은걸."
"그래서 더 껴야 해."
쇼쇼는 끝까지 버텼지만, 결국 머리띠를 끼고 말았다. 리아와 주리가 웃으며 말했다.
"진짜…… 꿈에 그리던 파자마 파티야! 고마워."
"너희들, 완전 최고! 정말 고마워!"
기다리던 순간이었다. 앤과 쇼쇼는 서로 얼굴을 마주 보며 침을 꿀꺽 삼켰다.

🐾 방금 들은 고맙습니다의 온도는 9입니다.

'9라니…….'
쇼쇼의 눈동자가 흔들렸다. 리아와 주리는 고맙다는 말을 하자마자 바로 과자 봉지를 뜯었다. 고마운 감정을 조금만 더 느꼈다면 10이 될 수 있었을까? 자정까지 시간이 남아 있었지만, 이 깜짝 파티보다 더 근사한 일을 만들어 낼 자신은 없었다.

몇 시간 후면 지구를 떠나야 할지도 모른다. 이제 쇼쇼는 점점 우울해져서, 미션을 실패한 자신을 원망하게 될 것이다.

하지만 이상하게도 친구들이 깔깔거리는 모습이 눈에 들어왔다. 앤이 쓴 우스꽝스러운 개구리 머리띠도 보였고, 아직 맛보지 않은 과자들과 초코 케이크도 있었다. 앤이 기대에 찬 눈으로 결과를 묻고 있었다. 쇼쇼가 앤의 귀에다 대고 속삭였다.

"온도 10이야. 성공했어."

"진짜? 잘됐다!"

앤은 쇼쇼를 꽉 끌어안았다. 리아와 주리는 어리둥절한 표정으로 중얼거렸다.

"쟤네 갑자기 왜 저래?"

쇼쇼는 자신이 왜 그런 거짓말을 했는지 알 수 없었다. 그냥 이 순간을 망치고 싶지 않았다. 지구에서의 마지막 밤이 고양이 파자마를 입은 채 끝나더라도.

쇼쇼는 갑자기 침대로 올라갔다. 그리고 노래를 부르며 춤을 추었다.

빛나는 저녁, 은하 속 파티!

둠둠둠!

날지 않아도 날고 있지!
우주에 몸을 맡기고! 둠둠둠!

이 순간, 블랙홀로 들어왔어!
둠둠둠!
암흑 물질 마신 것처럼 기운이 나!
우주 속 리듬에! 둠둠둠!

그가 엉뚱하게 몸을 흔들자, 모두 웃음을 터트렸다.
"쇼쇼! 이렇게 신나는 캐릭터였어?"
앤이 어깨를 들썩이며 웃었다.
"우리도 껴 줘!"
앤과 리아, 주리도 덩달아 침대 위에서 춤을 췄다. 과자를 집어 먹고, 초코 케이크를 나눠 먹는 동안, 쇼쇼는 말로 다할 수 없는 즐거움을 느꼈다.
얼마 후 그들은 바닥에 둘러앉아 진실 게임을 했다.
"앤, 일 년에 딱 하루, 놀 수 있다면 우리야? 쇼쇼야?"
"푸핫! 질문이 왜 그래?"
"만약에 우리가 서울에 있고, 쇼쇼는 미국에 있다면? 너네 너무 친해 보여서 질투 나잖아!"
주리가 장난스레 말하자, 리아도 거들었다.

"당장 골라! 우리야, 쇼쇼야?"

"너무 쉬운데……, 쇼쇼."

"헐, 배신이다!"

주리가 킥킥댔다.

"에이, 쇼쇼랑 같이 너희를 찾아가면 되잖아, 오늘처럼!"

"너무 멀거든?"

"순간 이동하면 땡이야."

앤이 신나게 웃으며 소리치자, 쇼쇼는 당황해서 헛기침을 해 댔다. 이윽고 앤이 몸을 앞으로 숙이며 말했다.

"자, 그럼 쇼쇼, 이번엔 내가 물어볼게. 지구에 있으면서 가장 좋았던 순간이 언제야?"

"음, 그건……."

잠시 동안, 지구에서 보낸 모든 순간이 영화처럼 스쳐 갔다. 대회를 위해 온 것이었지만, 지구에 오길 잘했다고 느낀 순간들이 있었다. 쇼쇼가 천천히 입을 열었다.

"가장 좋았을 때는…… 앤이 나의 꽃을 알아봐 줬을 때."

"응?"

앤은 깜짝 놀란 것 같았다.

"아무에게도 내 꽃이 시들어 가는 걸 들키고 싶지 않았어. 근데 앤이 알아봐 주니까 영혼이…… 편해졌어. 이상하게 안 외롭더라."

리아와 주리는 도무지 이해할 수 없다는 듯 둘을 번갈아 쳐다보았다.

앤은 햇살처럼 웃으며 말했다.

"네가 그렇게 말해 줘서 기뻐. 쇼쇼가 먼저 진짜 모습을 보여 준 거야. 그래서 나도 내 진짜 모습을 보여 줄 수 있었어."

"아닌데. 앤이 먼저 내 벽을 무너뜨렸는데."

둘은 조용히 웃었다.

"쇼쇼, 나한테 정체를 들켜 줘서, 나랑 친구해 줘서, 또…… 이상하고 신기한 여름 방학을 만들어 줘서 고마워. 정말 고마워!"

그 순간 옷에서 진동이 울리더니, 귀에서 박수 소리와 함께 방송이 들렸다.

📢 방금 들은 고맙습니다의 온도는 10입니다. 쇼쇼, 미션 성공입니다!

쇼쇼는 정신이 번쩍 들었다. 그동안 잊고 있었는데, 앤도 지구인이었다. 앤이 쇼쇼의 두 볼을 잡아당겼다.

"너, 활짝 웃는 거 처음 봐……. 예쁘다."

쇼쇼의 얼굴에 분홍빛 온기가 감돌았다. 마음이 기분 좋게 꿈틀거렸고, 쇼쇼는 아주 오랜만에 구름 사이로 햇빛이 쏟아지듯 찬란히 웃었다.

앤이 머쓱한 미소를 지었다.

"얘들아, 나만 행복해서 미안."

주리가 볼을 발그레 붉히며 말했다.

"무슨 소리야. 우리도 나름 좋았어!"

"좋았다고? 무슨 일이 있었는데?"

"오늘 아침에 제이라는 애가 들어왔거든? 점심 때 얘기하다가 확 친해졌는데! 완전 상담사 같았어. 우리 고민 다 들어 주고, 조언도 잘해 주고……."

리아가 웃음을 참으며 말했다.

"주리는 뿔테 안경만 봐도 심장이 멈춘대."

주리는 얼굴을 감싸며 부끄러워했다.

"야아, 리아! 그 얘길 왜 해!"

'뿔테 안경?'

쇼쇼는 그를 떠올렸다. 미션 때문에 들어온 거였나?

쏴아아아아.

갑자기 굵은 빗방울이 창문을 세차게 두드렸다. 열어 둔 창문 틈새로 빗물이 들이쳤다.

"어, 내가 닫을게."

쇼쇼가 몸을 일으켰다. 창문을 닫으려는 순간, 번개가 하늘을 갈랐다. 번쩍이는 섬광 속에서 누군가가 학원을 빠져나가는 모습이 눈에 들어왔다.

'그 녀석이잖아?'

가슴이 쿵 내려앉았다. 지금이 아니면, 다시는 마주치지 못할지도 몰랐다. 쇼쇼는 망설임 없이 문 쪽으로 달려갔다.

"어디 가!"

앤의 놀란 목소리가 뒤에서 들려왔지만, 쇼쇼는 뒤도 돌아보지 않고 외쳤다.

"나, 비 산책하러!"

문을 박차고 나온 쇼쇼는 뿔테 안경의 뒤를 쫓아 달렸다.

"거기 서!"

뿔테 안경은 깜짝 놀라더니 골목에서 멈춰 섰다.

"……나한테 들켜서 집에 간 줄 알았더니."

"미션 성공했나 봐? 여길 떠나는 걸 보니까."

"학생들은 감수성이 풍부해서 쉬웠지."

"리아랑 주리를 위로해 줬다던 제이라는 애, 너 맞지? 고마워."

그는 놀란 듯했지만, 곧 차가운 표정으로 돌아왔다.

"네가 나한테 고마워할 일은 아니지."

잠시 침묵이 흘렀다.

"예전에, 우리 관계가 별로였다고 했지? 이유 물어봐도 돼?"

하지만 그는 아무 말이 없었다. 쇼쇼가 다시 물었다.

"도대체 너, 누구야?"

"이미 늦었어. 지금 와서 뭘 어쩌겠다고."

그가 몸을 돌려 걸어갔다.

"아니, 난 널 알아야겠어."

쇼쇼의 손에서 눈에 보이지 않는 힘이 뿜어져 나왔다. 그러자 뿔테 안경은 염력을 발사해 방어했다. 공중에서 부딪친 두 힘이 팽팽하게 맞섰다. 그러다 어느 순간 둘 다 바닥에 철퍼덕 쓰러졌다. 능력을 써서 둘의 본모습이 드러났다.

"너……."

쇼쇼의 눈빛이 흔들렸다.

한때는 가장 가까웠던 친구, 이제는 돌이킬 수 없을 만큼 멀어진 친구.

"……구지바."

쇼쇼와 구지바는 나왈 행성의 '빛바랜 구역'이라 불리는 빈민 지역에서 자랐다. 어른들이 늘 우주 공장에서 일하느라 바빠서, 아이들끼리 자연스레 붙어 다녔다. 둘이서 함께 숙제를 하고, 하늘에서 공놀이를 하며 하루를 보냈다.

초등 행성 학교에 입학하고 얼마 지나지 않아, 다른 아이들이 쇼쇼와 구지바가 '지원 대상'이라는 사실을 알게 되었다. 그 후로 둘은 호기심의 대상이 되었다.

"초광속 여행 가 봤어? 무중력 놀이 공원은?"

그런 질문 속에는 은근한 무시가 섞여 있었다. 구지바는 입을 꾹 닫았지만, 쇼쇼는 당당히 대꾸했다.

"아직 못 가 봤는데, 언젠가는 다 갈 거야!"

쇼쇼와 구지바는 그날 밤 우주를 가로지르는 빛의 강을 보았다. 나왈 행성에서는 오 년에 한 번 흐르는 빛의 강을 소중한 이와 함께 보곤 했다. 부모님이 우주 공장에서 일하고 있었기에 단둘이서만 찬란한 장면을 지켜볼 수 있었다.

구지바가 물었다.

"넌 항상 자신감이 넘치고 행복해 보여. 어떻게 그래?"

쇼쇼가 고개를 저었다.

"내가? 아닐걸. 난 그런 거, 얼마든지 꾸밀 수 있어."

"왜 꾸미는데?"

"힘든 걸 드러내는 것보다, 행복한 척하는 게 더 편하니까."

그 말엔 다른 아이들에게 받은 상처가 묻어 있었다. 구지바는 쇼쇼와의 우정이 영원하길 바라는 마음으로 말했다.

"우리, 앞으로도 같이 빛의 강을 볼래?"

쇼쇼는 웃으며 고개를 끄덕였다.

"그래, 그러자."

하지만 얼마 뒤 모든 게 달라졌다. 쇼쇼의 부모님이 우주선 충돌 사고로 세상을 떠난 것이다. 너무나도 갑작스러운 일이었다. 쇼쇼는 우주 돌봄의 집으로 보내졌다. 그곳에서 잘 지낸다고 했지만, 가끔 선생님이 이런 말을 한다고 했다.

"넌 뛰어나지 않으면 우주 밑바닥에서 썩게 될 거다."

그때 구지바는 쇼쇼가 정말 괜찮은 줄 알았다. 쇼쇼가 웃으며 넘겼으니까. 그러나 쇼쇼는 서서히 변해 갔다. 예전처럼 웃지 않았고, 무언가에 쫓기듯 공부와 능력 훈련에 몰두했다.

시간이 흘러, 둘은 명문 학교에 나란히 입학했다. 하지만 쇼쇼와 구지바의 차이는 극명했다. 쇼쇼는 첫 시험에서 높은 성적을 거뒀고, 훈훈한 외모와 뛰어난 능력까지 갖추고 있었다.

금월 가문의 애들이 쇼쇼에게 다가왔다. 부유하고 영향력 있는 그들은 쇼쇼를 화려한 세계로 이끌었다. 쇼쇼는 파티에서 춤을 추고, 무중력 수영장에서 떠다니며, 저명한 외계인들과 저녁을 함께했다. 그렇게 쇼쇼와 구지바는 점점 멀어졌다.

만약 그때 구지바가 쇼쇼에게 섭섭한 마음을 털어놨다면 무언가 달라졌을까?

'행성 탐사'는 학교에서 중요한 과제였다. 구지바는 당연히 쇼쇼와 같은 팀을 할 거라 생각했다. 하지만 능력이 비상한 금월 가문의 애들이 먼저 쇼쇼에게 접근했다. 그들은 능력을 시험하고 싶어 안달이 난 듯, 가장 험난한 행성에 가자고 했다.

쇼쇼는 구지바에게 말했다.

"우리 자르르 행성 갈 건데, 너한테는 어렵겠지……."

구지바는 아무 말도 할 수 없었다. 뒤에서 킥킥거리는 웃음소리가 들려왔다.

며칠 뒤, 빛의 강이 흐르는 날이 다가왔다. 구지바는 그날 쇼쇼와 진솔한 대화를 나눌 수 있으리라 기대했다. 하지만 쇼쇼는 머뭇거렸다.

"미안. 그날 금월 가문 애들이랑 중요한 모임이 있어."

"하지만 이건 오 년에 한 번뿐인데……."

"다음에 꼭 같이 보자. 투자자들도 오고, 기회를 놓치면 안 될 것 같아."

"……그럼 모임 끝나고라도 와. 그 언덕으로. 나, 기다릴 수 있어."

쇼쇼는 대답했다.

"좀…… 힘들 것 같아. 언제 끝날지도 모르고."

"그래도, 오려면 올 수는 있는 거잖아?"

쇼쇼는 말없이 고개를 숙였다. 구지바는 실망을 감출 수 없어 목소리를 높였다.

"나랑 약속했잖아. 빛의 강 같이 보기로! 우린 점점 더 멀어지는 것 같아. 다 같은 친구인데, 왜 난 항상 뒷전이야?"

"내 입장은 왜 이해 안 해 줘? 금월 가문 애들은 날 어떻게든 도와주려고 하는데, 넌 내가 멈춰 있길 바라는 것 같아!"

쇼쇼는 이렇게 말해 놓고 스스로도 놀란 듯했다.

"그런 뜻은 아니야. 난 그냥……."

구지바는 등을 돌렸다. 다시는 예전으로 돌아갈 수 없을 거라는 슬픈 생각이 들었다.

이틀이 지난 날 아침, 학교에서 금월 가문 애들이 자랑하듯 떠들었다.

"어제 쇼쇼랑 같이 빛의 강 봤어! 투자자들도 왔는데, 다들 쇼쇼를 주목하더라니까. 정말 멋졌어!"

쇼쇼는 그 뒤로 무섭도록 빠르게 승승장구했다.

구지바를 따로 불러 사과했지만 구지바는 쇼쇼를 용서할 수 없었다. 그 후로 쇼쇼는 금월 가문 애들과 더 어울렸고, 구지바에게는 말조차 걸지 않았다.

하지만 구지바가 쇼쇼에게서 완전히 기대를 버린 건 그 다음에 생긴 일 때문이었다. 구지바는 우연히 쇼쇼와 금월 가문 아이들의 대화를 들었다.

"너 같은 애가 어떻게 구지바랑 어울렸던 거야?"

구지바는 숨을 삼켰다. 쇼쇼는 뭐라고 답할까?

"우린 같은 동네에 살았어서……."

"지금이라도 개랑 아는 척하지 마. 도움될 게 하나도 없을걸."

"뭐? 친구를 도움받자고 사귀는 건 아니잖아."

쇼쇼의 목소리는 억눌려 있었다.

"에휴, 이렇게 착해서 어떡하니? 우정은 도움을 주고받으면서 싹트는 거야. 그게 재미든, 이익이든."

"맞아, 걔는 딱 봐도 쇼쇼랑 결이 다르잖아."

구지바는 그들의 말이 이어질수록 심장이 조여들었다. 그리고 마침내, 쇼쇼의 한마디가 가시처럼 심장에 박혔다.

"구지바가 나랑 어울리지는 않지."

그 짧고 담담한 말이 구지바의 마음을 무너뜨렸다.

졸업 후에도 쇼쇼의 소식을 들을 때마다 질투와 무력감에 휩싸였다. 그리고 지구에서 쇼쇼를 마주친 순간, 오랫동안 쌓인 감정들이 한꺼번에 밀려왔다.

쇼쇼는 다시 구지바의 눈앞에 있었다.

구지바는 아주 묘한 감정을 느끼고 있었다.

쇼쇼는 간신히 목소리를 가다듬으며 물었다.

"구지바, 오랜만이네. 잘 지냈어?"

"안부 묻지 마. 궁금하지도 않으면서."

구지바는 흙 묻은 옷을 툭툭 털며 말했다.

"그때 비 오는 날, 계단에서 너희 밀친 거 나였어. 근데 아직도 대회를 치르고 있다니 놀랍네. 지구인한테 안 들킨 건가?"

구지바가 아무렇지 않게 말하는 모습에 쇼쇼는 속이 쓰렸다.

쇼쇼는 입술을 꾹 깨물며 대답했다.

"들켰는데, 안 끝났어."

"뭐?"

"지구인과 협상을 했거든. 지금은 친구가 됐고."

구지바가 차갑게 웃었다.

"친구? 너랑은 안 어울리는데?"

"나한테 섭섭한 게 많았던 거 알아. 믿기 어렵겠지만, 나도 너와 함께하고 싶었어."

"웃기지 마. 넌 날 항상 무시했어."

"아니야, 난 항상 널 보고 있었어."

"그럼 왜 나랑 안 어울렸어? 과제는 왜 같이 안 했던 건데? 빛의 강이 흐르는 날에는 왜…….."

구지바는 말을 멈췄다.

"그만하자."

"구지바, 자르르 행성의 중력이 너무 강해서, 네 염력으로는 버티기 힘들 수 있었어. 널 도울 수도 있었지만 금월 가문 애들에게 비웃음당하게 하고 싶지 않았어. 그때 너랑 멀어진 건…… 내가 다 미안해."

구지바는 깊은 숨을 내쉬며 말했다.

"그게 다야?"

"어?"

"할 말이 그게 다냐고."

"……."

빗소리가 둘의 침묵 속으로 깊이 파고들었다.

당신의 상상을 삽니다

★
◇
·

> 두 번째 미션 탈락자 수 : 230명
>
> 생존자 수 : 172명

쇼쇼는 버킷 리스트를 들여다보는 앤에게 물었다.
"오늘은 뭘 하고 싶어?"
앤은 종이를 접어 주머니에 넣었다.
"왜 안 골라?"
"지금 하고 싶은 건, 버킷 리스트에 없어."
"그게 뭔데?"
"푹 쉬기, 낮잠 자기, 역대급으로 게으르기! 쇼쇼 너도 같이하자."

앤과 쇼쇼는 텐트 안에서 노닥거리다가 새소리를 들으며 달콤한 낮잠에 빠졌다. 잠에서 깬 후에는 돗자리에 앉아 샐러드 피자를 나눠 먹었다. 앤이 말했다.

"난 오후 2시의 햇빛이 좋아. 갓 구운 식빵처럼 포근하지 않니?"

쇼쇼는 시간에 '포근함'이 느껴진다는 걸 처음 알았다. 둘은 여유롭게 숲을 산책했다. 앤이 속삭이듯 말했다.

"나, 지금 너무 행복해……. 오늘이 좀 천천히 갔으면 좋겠는데……."

그 말에 쇼쇼는 걸음을 늦췄다. 지금 이 순간이 조금이라도 더 오래 이어지길 바라면서. 하늘을 찌를 듯 거대한 나무를 보고 좋은 생각이 떠올랐다.

쇼쇼는 갑자기 앤의 손을 잡고 공중으로 솟아올랐다.

"어어어! 뭐 하는 거야?"

앤은 비명을 지르며 쇼쇼의 손을 꽉 움켜잡았다.

"환상적인 체험 하기! 버킷 리스트잖아! 아래를 봐!"

앤은 숨을 삼키며 아래를 내려다보았다.

"진짜 하늘을 날았네……."

외계인으로 변한 쇼쇼의 손은 곰의 발처럼 큼지막하면서, 실크처럼 부드러웠다. 나무 꼭대기에 다다르자, 앤이 황홀한 표정으로 말했다.

"아……, 작은 새 한 마리가 된 것 같아!"

둘은 나뭇가지에 마주 앉아 숲과 하늘을 바라보았다. 그 평온함 속에서 어제 일이 쇼쇼의 머릿속을 맴돌았다. 구지바의 알 수 없는 눈빛, 복잡하게 얽힌 감정들. 그것들이 마음 한구석을 짓누르고 있었다.

두 번째 미션에서 살아남은 여러분, 축하합니다!

지구인에게 '고맙습니다'라는 말 듣기 미션에서 절반 이상이 탈락했지만, 많은 분들이 미션을 멋지게 수행해 냈습니다.

혼자 있던 아이와 하루 종일 놀아 준 참가자, 노숙하는 할아버지 곁에 앉아 이야기를 들어 준 참가자도 있었습니다.

그럼 곧바로 세 번째 미션을 발표합니다.

이번 미션은 '지구에서 50만 원 벌기'입니다. 특별히 5일의 시간을 드리겠습니다.

역시 슈트가 성공 여부를 판단합니다. 슈트는 여러분의 미션 수행 과정을 추적하고, 결과를 기록합니다. 이 경험을 통해, 지구인의 삶을 더 깊이 이해해 보세요!

미션을 듣고서 앤이 말했다.

"너, 초능력 있잖아. 여차하면 인형 탈 쓰고 마술하면 돼!"

"지구인 애가 와서 인형 탈 벗기면?"

"엇……, 그럼 끝장이구나!"

둘은 몸을 장난스럽게 떨었다.

"일단 낙서하면서 생각해 보자."

앤이 노트를 가져와 펼쳤다. 그러자 안에 끼워져 있던 종이 한 장이 툭 하고 바닥으로 떨어졌다. 앤의 버킷 리스트였다.

"잠깐만."

쇼쇼가 먼저 종이를 집어 들었다. 그는 종이를 잠시 들여다보다가 진지한 얼굴로 말했다.

"앤, 이번 미션…… 네 버킷 리스트 중 하나, 해 보는 건 어때?"

"설마……."

둘은 동시에 답했다.

"전시회 열기!"

앤의 얼굴이 환해졌다.

"정말? 정말 그래도 돼?"

쇼쇼가 미소 지으며 고개를 끄덕였다.

"난 이 미션이 네게도 즐거운 경험이 되면 좋겠어. 전부터 느꼈지만, 앤은 뭔가 기획하고 상상할 때 정말 행복해 보이거든. 우리, 같이 돈 벌어 보자."

"미쳤다……. 나, 심장 터질 거 같아!"

둘은 어떤 전시를 할지 머리를 맞대고 고민했다. 앤은 노트에 이런저런 아이디어를 끄적이다가 입을 열었다.

"상상이 둥둥 떠다니는 공간을 만들고 싶어. 사람들이 웃고, 수다도 떨고, 가끔은 깊은 생각에 잠기는 그런 곳."

쇼쇼는 고개를 살짝 기울였다.

"상상이 둥둥……. 더 말해 봐."

앤은 손을 이리저리 흔들며 들뜬 얼굴로 말했다.

"사람들이 자기 머릿속에 떠다니는 상상을 그려 보는 거야. 거기에 짧은 글도 덧붙이고! 우리는 그 상상을 '사는' 거지! 그림을 낸 사람한테 선물을 주면서, 그렇게 모인 그림들로 전시회를 여는 거야. 제목은…… 당신의 상상을 삽니다, 어때?"

"그거 재밌겠네."

하지만 앤은 어딘가 모르게 애매한 표정을 지었다. 쇼쇼가 앤의 얼굴을 살피며 물었다.

"왜 그래?"

"그냥…… 빵에 버터를 덜 바른 느낌이야. 뭔가 더 색다른 게 있으면 좋겠는데. 그게 뭔지 모르겠어."

"시간이 있으니까 더 생각해 보자."

둘은 무작정 거리로 나가 전시관을 하나씩 둘러보았다. 앤이 한 건물을 가리켰다.

"여기 어때? 크기도 적당하고 위치도 좋아."

그들은 호기롭게 문을 밀고 들어섰다. 잠시 후 담당자를 만났다. 하지만 담당자는 둘의 설명을 다 듣기도 전에 손사래를 쳤다.

"이해는 가는데, 부모님 동의 없이는 어려워요. 미성년자분들이 단독으로 계약하실 수는 없습니다."

"네? 그런……."

예상치 못한 현실의 벽이었다. 하지만 이대로 물러설 순 없었다. 그들은 곧바로 다음 전시관으로 향했다. 그러나 돌아오는 말은 비슷했다.

"사고라도 나면 책임질 사람이 없어요."

"좋은 아이디어지만, 어른 없이 학생들에겐 좀 무리야."

어느덧 해가 기울었고, 여섯 번째 거절을 들은 앤은 길을 걷다 말고 계단 턱에 털썩 앉았다. 쇼쇼가 옆에 앉으며 물었다.

"포기한 거 아니지?"

앤이 부드럽게 웃었다.

"그냥 잠깐, 이 거리를 눈에 담는 중이야. 진주알이 하나씩 실에 꿰어지듯이, 소박하고 자잘한 기쁨을 느끼는 거지. 빨간 머리 앤이 가르쳐 줬어."

가로등이 하나둘 켜지더니, 거리 위로 보드라운 노란 숨결 같은 빛이 내려앉았다. 어쩐지 마음이 스르륵 풀어졌다. 둘은 말없이 거리를 바라보았다. 그러다 쇼쇼가 한 건물을 가리켰다.

"저긴 뭐 하는 데야? '임대'라고 붙어 있는데."

슈트가 '임시 점유 가능 공간'이라고 번역해 줬지만, 그게 정확히 무슨 뜻인지 감이 오지 않았다.

"임대? 돈 내고 빌리는 공간이야. 비어 있는 걸 보니, 아직 주인을 못 찾았네. 서울엔 그런 거 많아."

앤이 대수롭지 않게 말했다. 쇼쇼의 시선이 그 건물에 오래 머물렀다.

"어? 잠깐만! 비어 있다?"

앤의 입꼬리가 슬쩍 올라갔다. 쇼쇼가 물었다.

"뭐가 이상해?"

"우리가 써먹을 수 있을지도 몰라. 그 빈틈을 노려 보는 건 어떨까?"

"빈틈?"

"주인이 올 때까지 빈틈이 생기잖아! 우리가 '임대의 빈틈'의 주인이 되는 거야. 그 공간을 잠깐 빌리는 거지, 딱 5일만!"

이상하게도 앤의 말엔 설득력이 있었다.

"그게 가능해?"

"우리를 귀엽게 봐 주는 어른이 있다면?"

그들은 다시 생기를 되찾고 '임대'라고 적힌 건물들을 유심히 살폈다. 그러다 나무문이 달린 한 건물 앞에서 발걸음을 멈췄다. 문 옆엔 누군가 손 글씨로 남긴 문구가 붙어 있었다.

임대 : 비어 있는 별, 주인을 기다립니다.

둘은 다시 한번 용기를 내기로 했다. 문구 옆에 적힌 번호로 전화를 걸어 약속을 잡았다. 건물의 주인은 페도라를 깊게 눌러 쓴 할아버지였다.

"학생들이구나? 호오, 차나 한잔하면서 이야기해 보자."

할아버지는 자연스럽게 카페 쪽으로 발걸음을 옮겼다. 앤이 할아버지를 보며 고개를 갸웃했다. 쇼쇼가 낮은 목소리로 물었다.

"아는 지구인이야?"

"어디서 본 것 같긴 한데, 기억이 안 나."

커피와 떡이 나오자, 할아버지는 "일단 먹자고." 하더니, 커피잔에 떡을 넣고 한 입에 쭉 들이켰다. 쇼쇼가 열심히 설명했다.

"이건 그냥 그림만 걸어 두는 전시가 아니에요. 사람들의 상상이 흐르고, 이야기가 만들어지는 공간이에요. 꼭 해내고 싶어요. 믿어 주세요."

앤도 애타는 눈빛으로 말했다.

"저희는 5일 동안만 건물을 빌릴 거예요. 돈은 많이 못 벌 수도 있지만, 수익은 전부 드릴게요!"

할아버지는 고개를 끄덕였다.

"꼬맹이들이 제법인데? 그래, 너희 부모님과 얘기를 해 봐야겠다."

부모님이라는 말에 앤과 쇼쇼는 금방 풀이 죽었다. 쇼쇼가 머뭇거리며 말했다.

"사실, 이 전시는 부모님 몰래 열려고 해요. 부모님이 관여하지 않아야 더 창의적으로 성공할 수 있거든요."

갑자기 할아버지가 웃으며 호통을 쳤다.

"뭐? 대체 너희를 뭘 믿고 내 건물을 빌려주라는 거냐?"

그때 익숙한 목소리가 끼어들었다.

"어르신이 결코 손해 보진 않을걸요?"

쇼쇼는 낯익은 목소리에 뒤를 돌아보았다.

"자네는 누구지?"

"얘 친구요."

구지바였다. 슬쩍 웃으며 쇼쇼를 가리키더니 아무 일도 없었던 것처럼 그 옆에 앉았다. 쇼쇼는 구지바의 마음을 짐작조차 할 수 없었다.

할아버지가 물었다.

"무슨 소리냐?"

"말 그대로예요. 이 전시는 많은 사람들을 끌어들일 겁니다. 덕분에 건물도 더 널리 알려지게 될 거예요. 그냥 비어 있는 것보다 훨씬 낫지 않나요?"

할아버지가 재밌다는 듯 웃었다.

"말을 여우처럼 교묘하게 하는구나. 좋아, 꼬리 아홉 개 달린 여우 같은 말에 넘어가 주지."

쇼쇼와 앤은 동시에 서로를 바라보았다.

"그럼 공간을 빌려준다는 말씀이신가요?"

"그런데……."

할아버지가 뜸을 들이자 셋은 약간 긴장했다.

"사람들이 그림을 그린다는 발상은 흥미롭지만, 그거 가지고는 눈길을 끌기 힘들어. 더 재밌는 계획을 보태서 다시 와. 그게 계약 조건이야."

할아버지는 숙제를 남긴 채 떠났고, 셋은 카페에 그대로 남았다. 쇼쇼와 구지바가 침묵을 지키자, 앤이 이상하다는 듯 물었다.

"그러니까 둘이 같은 행성의 친구라는 거지?"

둘은 고개를 끄덕였다.

"근데 왜 이렇게 안 친해 보여?"

"우린 별로 안 친……."

쇼쇼가 말을 꺼내려는 순간, 구지바가 말을 가로막았다.

"그냥 오랜만에 만나서 그래."

앤이 고개를 끄덕였다.

"오, 근데 알 없는 뿔테 안경? 그거 일부러 쓴 거야?"

구지바가 안경을 치켜 올리며 말했다.

"나름 공부 좀 했지. 학생들한텐 멋이기도 하잖아."

앤이 감탄했다.

"대단해!"

쇼쇼는 가볍게 헛기침을 하며 구지바를 흘끗 바라보았다.

"기숙 학원 이후로 다시는 안 만날 줄 알았는데?"

앤은 그제야 구지바를 기억해 낸 듯했다.

"혹시, 그때……?"

"맞아, 계단에서 마주쳤던 애. 치사하게 이른 애."

구지바가 입꼬리만 살짝 올리며 말했다.

"미안, 안 걸렸잖아."

앤이 의아한 듯 물었다.

"근데 기숙 학원에서는 왜 둘이 서로 모른 척했어?"

쇼쇼는 앤의 시선을 피하며 중얼거렸다.

"그땐…… 긴가민가했어."

구지바는 쇼쇼를 빤히 바라보다가, 말없이 주스를 한 모금 마셨다. 쇼쇼가 물었다.

"이렇게 또 보는 거, 우연인가?"

"솔직히 말할게. 널 찾고 있었어. 네가 미션을 어떻게 풀어 나갈지 궁금했거든."

"내가 여기에 있을 줄은 어떻게 알고?"

"대회 중이니까 서울에 있을 건 뻔했고, 넌 뭔가 재밌는 거 하고 있을 줄 알았지. 전시 거리 딱이잖아."

"그것만으로 내 위치를 찾아냈다고?"

"응, 나도 껴 줘. 미션 같이하자."

쇼쇼의 머릿속은 복잡해졌다. 앤은 좋다는 듯 쇼쇼를 바라보았다.

'진짜 나랑 미션을 하겠다니. 갑자기 왜 이러는 거지?'

구지바가 했던 말이 마음 한구석에 걸려 있었다.

'그럼 왜 나랑 안 어울렸어? 과제는 왜 같이 안 했던 건데?'

어쩌면……. 과거의 오해를 풀고, 다시 친구가 될 수도 있지 않을까. 쇼쇼는 그런 일말의 기대감으로 구지바에게 악수를 청했다.

"좋아, 같이해."

구지바는 그럴 줄 알았다는 듯 미소를 지었다. 앤이 힘차게 말했다.

"그럼 할아버지가 요구한 계약 조건을 한번 생각해 볼까?"

그들은 일단 손님이 된 것처럼 그림을 그려 보기로 했다.

가장 먼저 그림을 완성한 건 쇼쇼였다. 그의 그림은 마치 꿈속의 추상화 같았다. 색들이 뭉쳐 있을 뿐, 형태가 제대로 보이지 않았다. 앤이 물었다.

"뭘 그린 거야?"

"그게……, 잘 모르겠어."

쇼쇼는 무언가에 홀린 듯 그림을 그렸지만, 그 의미를 설명할 자신은 없었다.

"근데 뭔가…… 되게 아름답고 슬퍼."

앤은 쇼쇼의 그림을 한참 바라보다가 구지바의 그림으로 시선을 옮겼다. 구지바는 하얀 색연필로 종이를 채우고 있었다.

앤이 물었다.

"심오한 뜻이 있는 거지? 그렇지?"

구지바는 잠시 멈칫하더니 말했다.

"하얀 나비가 온 세상을 덮은 거야. 아무 뜻은 없어."

이번엔 쇼쇼와 구지바가 앤의 그림을 바라보았다. 앤은 미술에 상당히 소질이 있었다.

"내가 가장 좋아하는 상상이야."

그림 속에서 앤은 해변 위 책상 앞에 앉아 있었다. 황금빛 바다 위로 솜사탕 같은 구름이 천천히 흘렀고, 야자수는 바람에 한가로이 흔들리고 있었다.

"아……."

쇼쇼는 영혼이 그곳으로 빨려 들어가는 느낌을 받았다. 그림에 눈을 떼지 못한 채 무심코 말했다.

"근데 책상이 조금 흐릿하게 보이는데?"

"일부러 그렇게 색칠했어."

앤의 얼굴에 묘한 미소가 스쳐 갔다.

"난 언제나 마지막에는, 책상이 사라지는 상상을 하거든."

쇼쇼는 그 말을 듣고 기발한 아이디어가 떠올랐다.

"앤의 그림을 현실처럼 만들어 보는 건 어때?"

앤이 깜짝 놀란 듯 물었다.

"내 그림을?"

"그림 속 상상을 전시관에서 연출하면 지구인들이 더 재밌어 할 거야. 책상 앞에 펼쳐진 몽환적인 해변가……. 뭔가 근사할 거 같은데?"

앤이 얼굴을 발갛게 물들이며 흥분해서 소리쳤다.

"정말 꿈만 같아! 세상에!"

구지바가 말했다.

"할아버지도 좋아하실 것 같네."

앤은 무언가 곰곰이 생각하더니 입을 열었다.

"그러면 내가 공연까지 하면 어떨까?"

"공연?"

앤이 설레는 얼굴로 대꾸했다.

"난 관객이랑 이어지고 싶어. 사람들 마음속에서 내가 상상한 바다가 출렁이고, 내 안에서는 사람들이 상상한 바다가 파도치는 거야."

앤은 우주에 떠다니는 아이디어를 붙잡아 내는 데 탁월했다. 눈은 이미 무대 위를 그리고 있었다.

쇼쇼가 말했다.

"좋은데? 내가 손을 쓰면 더 자연스러워질 거 같아. 마지막에

책상이 사라지는 것까지. 내 염력으로 책상을 천천히 띄워서 무대 뒤로 옮기면, 사람들은 그냥 마술이라고 생각할 거야."

앤은 믿을 수 없다는 듯 고개를 저었다.

"쇼쇼, 그렇게까지 위험을 감수할 필요 없어. 그러다가 들키면……."

"걱정 마. 들키지 않게 커튼 뒤에서 작업할 거니까."

쇼쇼가 살짝 웃으며 말했다. 그러고는 고개를 돌려 구지바를 바라보았다.

"넌 어떻게 생각해?"

구지바가 씩 웃었다.

"충분히 재밌을 거 같아."

"좋아, 할아버지께는 '마술을 입힌 공연'을 더한다고 하자."

그들은 곧바로 할아버지를 찾아가 계획을 설명했다. 예상대로 할아버지는 금방 고개를 끄덕였다.

"전시 준비 잘해 봐. 자, 여기."

할아버지가 건물 열쇠를 건넸다. 쇼쇼가 물었다.

"저희에게 안 물어보세요? 어떤 공연을 할 건지요."

"나는 스포 안 좋아한다!"

할아버지가 자리에서 일어나며 덧붙였다.

"그리고 수익금은 나 주지 말고 기부해라."

"감사합니다……."

셋은 잠시 서로를 바라보았다.
앤은 너무나 기뻐하며 몇 번이나 환호성을 질렀다.

다음 날, 앤은 텅 빈 전시장을 돌며 소리쳤다.
"아아아! 완전 넓어!"
구지바가 작게 웃으며 앤을 따라 했다.
"아아아! 완전 좋다!"
전시장을 다 둘러본 뒤 앤이 말했다.
"우리에게 남은 시간은 단 4일이야. 오늘 전시장을 다 꾸미고 전단지를 돌려야 해. 그리고 이틀 동안 이벤트로 그림을 모으고, 마지막 날 전시회를 여는 거야. 그때 입장료를 받으면서 돈을 버는 거지. 이제 하얗게 불태워 보자!"
구지바가 물었다.
"뭘 불태우지?"
쇼쇼가 고개를 흔들며 말했다.
"은어야. 또래들만의 암호 같은 거지."
"미안, 미안."
앤이 말했다.
"열심히 하자는 거였어! 아, 말맛이 안 사네. 이럴 땐 은어가 좋은데."
전시회 준비는 빠르게 진행되었다. 임시 테이블과 의자를 들이고, 다양한 종이와 펜을 준비했다. 참가자들에게 줄 선물로 드로잉 북과 티백 세트를 샀다. 앤이 공연할 자리도 정했다.

점심시간 무렵에는 전단지가 완성되었다.

당신의 상상을 삽니다

여러분의 상상을 그려 보세요!
그림을 제출하면 선물도 받고 전시도 함께합니다.

장소 : 전시로 126번길
이벤트 기간 : 7월 22일 - 23일
전시 : 7월 24일
입장료 : 5,000원
주최 : 쇼앤구

7월 24일 오후 5시,
한 예술가의 공연을 만나 보세요!
그림이 무대 위에서 현실로 펼쳐집니다.

수익금 전액은 기부합니다.

어느덧 해가 저물자, 셋은 전단지를 들고 거리로 나섰다. 사람들 사이로 흩어져 전단지를 건넸다.

"당신의 상상을 삽니다. 꼭 와 주세요!"

몇몇은 호기심에 받아 갔지만, 대부분은 손을 저으며 지나쳤다. 쇼쇼가 바닥에 버려진 전단지를 주우며 투덜거렸다.

"지구인들, 좀 냉정하네."

구지바도 중얼거렸다.

"더 효과적인 뭔가가 필요해."

둘의 시선이 동시에 앤에게 쏠렸다. 앤은 멋쩍게 웃다가 갑자기 손뼉을 쳤다.

"맞다! 우리, 저녁 안 먹었잖아! 우선 밥부터 먹고 생각하자."

긴 하루의 끝. 셋은 편의점으로 발길을 돌렸다.

컵라면이 익길 기다리는데 옆 테이블에서 익숙한 얼굴을 보았다.

"오늘도 동네 한 바퀴~ 기승전편의점입니다요."

건물주 할아버지가 휴대폰을 들고 촬영 중이었다. 셋을 발견한 할아버지는 아이처럼 손을 흔들었다. 그러자 앤이 손바닥으로 입을 가린 채 속삭였다.

"나, 기억났어. 저 할아버지, 유튜버야! 엄청 유명한!"

쇼쇼가 중얼거렸다.

"우리 행성의 홀로그램 이야기꾼 같은 거네."

할아버지가 가까이 다가왔다.

"브이로그 찍는 중인데, 얼굴 나와도 괜찮니?"

셋은 신기한 표정으로 고개를 끄덕였고, 할아버지는 휴대폰을 그들 쪽으로 돌렸다.

"제가 아는 꼬맹이들을 만났네요. 아주 재미난 인연이죠."

수천 명이 보고 있는 실시간 방송. 셋은 휴대폰을 바라보며 어설프게 인사했다. 할아버지가 아이들과 만난 이야기를 꺼내자, 댓글이 폭발하듯 쏟아졌다.

> ㄴ헐 뭐야ㅋㅋ 중딩들이 전시한다고 건물주 찾아간 거 실화임?
> ㄴ와, 건물주한테 '5일만 빌려 달라는 말' 어떻게 꺼냄?ㅋㅋㅋ
> ㄴ대박, 요즘 중학생들……, 상상 이상이네!

앤은 전단지를 내밀었고, 쇼쇼는 두 팔을 번쩍 들며 외쳤다.

"지구인들이여! 꼭 많이 와 주세요!"

실시간 방송이 끝나자마자 앤이 외쳤다.

"할아버지를 어디서 봤나 했더니, '세상 구경 할배' 맞죠? 우리가 이 유튜브에 나오다니!"

"그래, 이 할배 제대로 써먹었네?"

할아버지가 껄껄 웃었다. 앤이 기대에 찬 얼굴로 물었다.

"사람들이 많이 와 줄까요?"

"아무리 거대한 불꽃도 작은 불씨에서 시작되지. 너희 이야기도 그렇게 번져 갈 거다."

할아버지는 이렇게 말하고는 머리를 긁적였다.

"오, 오글거려! 방금 나, 너무 동화처럼 말했지?"

전시장을 꾸미는 일이 얼추 마무리되자, 쇼쇼가 구지바에게 물었다.

"구지바, 넌 어디로 가? 숲? 아니면 폐허?"

"난 게스트 하우스에서 지내."

"게스트 하우스? 어떻게?"

"사장님이 내가 교환 학생인 줄 알고 있거든."

구지바는 게스트 하우스 사장이 외국인 손님 응대에 서툰 걸 눈치채고, 슈트의 번역 기능으로 사장을 슬쩍 도왔다. 그 덕분에 사장님의 마음에 들어서 계속 게스트 하우스에서 지내게 되었다고 했다.

"멋지네. 지구인들과 지내는 게 불편하지는 않아?"

"글쎄, 너희처럼 지루한 숲에서 사는 것보단 나아."

구지바는 무심코 말을 꺼냈다가 자신도 놀란 듯 멈칫했다. 쇼쇼는 의아한 표정으로 구지바를 바라보았다.

"난 너한테 숲에서 산다고 말한 적 없는데."

앤도 고개를 갸웃했다.

"나도 말한 적 없는데?"

구지바는 침착하게 대꾸했다.

"잠깐…… 지켜봤을 뿐이야. 너도 대회의 경쟁자니까."

앤이 정말 궁금하다는 듯 물었다.

"그럼 어떻게 우리가 있는 숲까지 찾아온 거야?"

"우리 종족은 상대방의 기운을 느끼고, 그걸 따라 순간 이동할 수 있어……."

"그럼 지구에서 계속 나를 따라다닌 거야? 떡볶이 가게, 숲, 기숙 학원, 그리고 전시 거리까지?"

구지바의 목소리가 조금 높아졌다.

"기숙 학원은 정말 우연이야. 나도 놀랐다고."

"나머지는 다 맞다는 거네."

구지바는 대답 대신 침묵으로 인정했다.

"혹시 우주선에서부터 쭉 나를 지켜본 거야?"

구지바는 또다시 침묵했다. 대회 때문이라고 했지만, 단지 그 이유만으로 자신을 따라다닌 걸까? 쇼쇼에게 구지바의 마음은 짙은 안개 같았다.

앤이 흥미롭다는 표정으로 끼어들었다.

"헐……, 너희들! 대회에 진심이구나?"

이벤트 첫날, 앤은 간식을 사러 나갔고, 쇼쇼와 구지바는 청소를 했다. 쇼쇼가 빗자루질을 하며 물었다.

"그러고 보니, 너는 그동안 어떻게 살았어?"

구지바가 피식 웃었다.

"그게 왜 갑자기 궁금해졌어?"

"그냥……. 예전처럼 다 알고 지내는 게 아니라서."

"우주 여행 기획자로 일해. 여행자들에게 최적의 여행 코스를 짜 주는 거지."

"좋네. 나중에 나도 상담 좀 받아야겠어."

구지바는 쇼쇼를 빤히 바라보았다.

"네 전시관 얘기 들었어. 1층이 망가졌다고……."

"보기 좋게 망가졌지. 그래서 이 대회에 나왔어. 우승 상품이 절실하거든."

쇼쇼가 씁쓸하게 웃었다.

"넌 왜 이 대회에 참가했어?"

"나도 우승이 필요해. 이 업계는 성과가 중요해서."

눈에 보이진 않았지만, 작은 불꽃이 튄 것 같은 기분이 들었다.

그때 어딘가에서 고소한 냄새가 퍼졌다. 고개를 돌리자, 앤이 바게트와 슈크림빵, 두유, 푸딩을 한 아름 들고 서 있었다.

"사람들이 얼마나 올까?"

앤은 입에 크림을 묻힌 채 걱정스러운 표정으로 말했다.

"내가 한다고 했는데 한 명도 안 오면…….."
쇼쇼가 푸딩을 먹으며 진지하게 대답했다.
"한 명은 오겠지, 건물주 할아버지."
잠시 후 문이 열리는 소리가 들렸다. 한 아주머니가 두 아이를 데리고 들어왔다.
"여기서 그림을 그리나요?"
순간 셋은 멍해졌다. 앤이 먼저 정신을 차리고 벌떡 일어섰다.
"네! 어서 오세요!"
다행히도 사람들이 하나둘씩 찾아왔다. 할아버지의 브이로그 덕분인지 테이블이 금세 꽉 찼다. 순식간에 대기 줄이 이어져, 테이블을 급히 전시장 밖까지 펼쳐 놓아야 했다.
쇼쇼는 지구인들의 그림을 한참 바라보았다.
머릿속에서 잠자고 있던 상상들. 앞치마를 두르고 요리하는 강아지, 책에 머리를 파묻으면 열리는 다른 세계, 사물함 안 우거진 숲……. 그림들이 마음 어딘가를 두드렸다.
자꾸만 쇼쇼의 빈틈으로 무언가가 스며들었다. 뭔가를 받아들일 수 있는 조용한 빈틈. 그 빈틈이 넓어질수록 더 많은 것이 천천히 채워졌다.
쇼쇼가 그림들을 열심히 벽에 붙이고 있을 때였다. 언제 왔는지도 모를 만큼 조용하게 건물주 할아버지가 나타났다.
"네 그림은 어떤 거냐?"

"제 그림은……, 음."

쇼쇼가 잠시 망설이는데, 할아버지가 한 그림을 가리켰다.

"아, 저거구먼!"

그건 정말 쇼쇼의 그림이었다.

"어…… 떻게 아셨어요?"

"어디 보자. 길을 걷고 있구나. 양옆에 예쁜 꽃들이 있고, 나비들이 날아오는데……. 뭐가 그리 급한지 앞만 보고 가네."

쇼쇼는 깜짝 놀랐다. 아무리 봐도 자신의 그림은 추상화에 가까웠으니까.

"하지만 자네는 알지?"

"뭐를요?"

"요즘은, 나비와 눈이 자주 마주친다는 걸 말이야."

할아버지의 눈동자가 푸른빛으로 번쩍였다. 쇼쇼가 무언가 말하려던 찰나, 할아버지가 사라져 버렸다……. 쇼쇼는 홀린 듯이 할아버지가 있던 자리를 멍하니 바라보았다.

어느새 해가 지고 있었다. 쇼쇼는 늦은 저녁을 사러 거리로 나섰다. 건물 사이 틈으로 널찍한 화단이 눈에 들어왔다. 꽃들이 저녁 햇살을 온몸으로 껴안으며 피어 있었다.

언젠가 앤이 물었다.

"너희 행성에도 꽃과 나비가 있니?"

지구의 것들과 생김새는 다르지만 있다고 했다. 앤은 그럴 줄 알았다고 했다. 우주는 지루함을 참지 못하고 무언가를 만드는 걸 좋아하는데, 특히 꽃과 나비처럼 '섬세하면서도 아름다운' 것을 창조하는 일을 정말 좋아할 거라나.

나비가 쇼쇼의 눈앞에서 날아다녔다. 맑은 여름날의 하늘처럼 청명한 색이었다. 나비가 날아와 쇼쇼의 어깨에 앉았다.

쇼쇼와 나비의 영혼이 하나가 된 듯했다! 이윽고 나비가 다시 천천히 날아올랐고, 쇼쇼는 그 모습을 지켜보며 깊은 숨을 내쉬었다.

이벤트 둘째 날에도 전시장은 사람들로 북적였다.

쇼쇼가 그림을 가지러 테이블 쪽으로 다가가던 순간이었다.

테이블에 있던 색연필 몇 개가 쇼쇼의 얼굴을 향해 화살처럼 날아왔다. 쇼쇼는 반사적으로 손을 뻗어 색연필을 잡았다. 그림을 그리던 사람들이 일제히 숨을 삼켰다.

"방금, 뭐예요?"

누군가 놀란 목소리로 물었다. 쇼쇼도 알 수 없었다. 슈트의 문제일까? 아니면 다른 이유가 있는 걸까? 속으로는 혼란스러웠지만, 능청스럽게 웃으며 말했다.

"놀라셨죠? 이건 색연필이 날아드는 마술 쇼예요!"

그 순간 색연필들이 더 빠르게 날아들었다. 쇼쇼는 다시 한번 허공에서 그것들을 낚아챘다. 사람들이 웅성거리며 휴대폰을 하나둘 꺼내 들었다. 쇼쇼는 일이 커질 것 같아 그대로 전시장을 빠져나왔다.

앤이 서둘러 따라 나오며 물었다.

"대체 어떻게 된 거야? 쇼라니?"

"모르겠어, 나도……."

쇼쇼는 한참을 밖에 머물다가 조심스럽게 다시 들어갔다. 테이블 근처에는 얼씬도 하지 않았다.

하지만 곧 이상한 일이 또다시 일어났다.

쇼쇼가 무대를 꾸미고 있는데, 카트에 놓여 있던 종이들이 하나둘 위로 떠올랐다. 종이들은 공중에서 기이한 패턴으로 배열되더니, 쇼쇼의 행성에서 사용하는 외계 문자로 변했다.

ㅌ△目§ (나는 외계인이다.)

문자가 쇼쇼를 중심으로 맴돌았다. 사람들이 수군거리기 시작했다. 쇼쇼는 현기증이 날 것만 같았다. 이제 사람들이 하나둘 자리에서 일어나 호기심 가득한 눈으로 다가오고 있었다.

'왜 자꾸 이런 일이……. 이번엔 뭐라고 둘러대야 하나!'

목이 타들어 가는 순간, 바람이 휙 불었다. 종이들이 바람을 맞고 사방으로 흩날렸다. 앤이 선풍기를 튼 거였다.

"아! 제가 실수로 선풍기를 너무 세게 틀었나 봐요!"

앤은 선풍기를 끄며 말했다. 누군가 쇼쇼를 보며 의심스럽게 물었다.

"아까는 저 학생 주위로 종이들이 떠 있었는데요?"

"아마 멀리서 봐서 그렇게 보였던 거 아닐까요? 그냥 바람에 날린 거죠."

"이상하네……."

사람들은 미심쩍어하며 자리로 돌아갔다. 쇼쇼와 앤은 서둘러 종이를 주워 모았다.

"대체 무슨 일인 거야?"

앤이 속삭였다. 쇼쇼는 절레절레 고개를 저었다. 그때 종이들이 다시 부유하는 낌새가 느껴졌다. 쇼쇼는 불길한 예감에 사로잡힌 채 구지바를 찾기 시작했다.

창고 쪽, 커튼 너머에서 희미한 기척이 느껴졌다. 쇼쇼는 재빨리 그쪽으로 달려가 커튼을 젖혔다. 정말로 구지바가 거기에 있었다. 능력을 사용했는지 본모습으로 변해 있었다.

그제야 쇼쇼는 알았다. 구지바는 쇼쇼를 용서하지 않았다. 아직도 쇼쇼를 많이 미워하고 있었고, 지금 최선을 다해 그 마음을 드러내고 있었다.

구지바는 아주 덤덤하게 중얼거렸다.

"하아, 들켰네."

쇼쇼는 이를 악물었지만, 목소리가 떨려 왔다.

"너, 일부러 그런 거야? 어떻게 염력을 써서 나를……."

바로 그때, 구지바의 꽃이 눈에 들어왔다. 힘없이 고개를 떨군 채 생기를 잃어버린 초라한 꽃.

꽃이 시들어 본 자는 안다, 그 우울함과 잿빛의 무게를.

그 순간 저 멀리에서 앤이 다가오며 물었다.

"이번엔 또 뭐야?"

쇼쇼는 커튼을 획 닫아 구지바를 가리며 대답했다.

"…… 아까 전에는 슈트 문제였어. 방금 방송에서 그렇게 나왔어."

저녁 9시가 되자 전시장이 고요해졌다.

사람들은 모두 돌아갔고, 하루 종일 분주히 움직였던 앤은 테이블에 엎드려 잠이 들었다. 쇼쇼는 그림들을 벽에 붙이는 구지바를 바라보았다.

"그네 좀 같이 탈래? 중력이 적당해서 탈 만할 거야."

구지바는 말없이 쇼쇼를 따라 나섰다.

가로등 불빛 아래 그네에 앉은 둘의 그림자가 드리웠다. 앤이 말하길, 지구인들은 종종 그네를 타면서 깊은 대화를 나눈다고 했다. 쇼쇼의 마음속엔 수많은 말들이 얽혀 있어 무슨 말부터 해야 할지 조심스러웠다. 먼저 말을 꺼낸 건 구지바였다.

"맞아. 나, 이러려고 너랑 같이 미션한 거야."

구지바의 얼굴에는 피곤함과 체념이 묻어 있었다.

"뭐라고?"

"네가 이 대회에서 탈락하면 좋겠어. 날 지금 내쫓아. 안 그러면…… 또 무슨 일을 할지 몰라."

아까 봤던 시든 꽃과 구지바의 얼굴이 겹쳐졌다. 마음 한구석이 저릿했다.

늦은 밤인데도 놀이터에선 아이들이 뛰놀고 있었다. 쇼쇼가 입을 열었다.

"기억나? 예전에 우리, 하늘에서 공놀이하던 거. 옆에서 번개가 쳐도 끝까지 안 멈췄잖아."

"지금 그런 말을 왜 해?"

"그때 생각하면 아직도 웃음이 나. 그 시절이 그리워. 네가 그립고……. 다시 예전으로 돌아갈 수 없을까."

구지바는 한숨을 내쉬며 고개를 돌렸다.

"돌아가고 싶다니. 네가 그랬잖아, 우린 어울리지 않는다고."

"그게 무슨 말이야? 어울리지 않다니."

쇼쇼는 순간적으로 구지바의 말이 무슨 뜻인지 깨닫지 못했다. 하지만 곧 오래된 기억이 떠올랐다.

금월 가문 애들과 나눈 대화. 무심코 내뱉었던 말.

'구지바가 나랑 어울리지는 않지.'

쇼쇼의 입술이 살짝 떨렸다.

"너……, 그때 다 들었어?"

구지바는 말없이 고개를 돌렸다. 쇼쇼가 고개를 숙였다.

"미안, 그렇게 말한 거. 근데 오해야. 어울리지 않는다고 한 건, 네가 부족해서가 아니라…… 나 때문이었어. 내가, 내가 너무 때가 타서……."

사랑하는 친구보다, 자신의 미래를 보장해 줄 수 있는 기회를 택했다. 부끄러웠던 건 그날의 선택이 아니었다. 그 선택이 당연하다고 믿었던 자신이었다.

쇼쇼는 구지바를 바라보았다.

"대회가 끝나도, 계속 연락하고 싶어."

"이제 와서?"

구지바의 목소리가 낮게 갈라졌다.

"나, 필요 없었잖아! 지금 와서 왜?"

"아니, 난 네가 없었으면 버티지 못했을 거야."

쇼쇼의 입 안에서 맴돌던 말이 겨우 흘러나왔다.

"나, 죽을 만큼 열심히 살았는데……. 힘들 때마다 이상하게 너와의 기억이 자꾸 떠올랐어."

밤바람이 부드럽게 불었고, 그네가 천천히 흔들렸다.

"그 기억이 없었다면 진짜 무너졌을지도 몰라."

쇼쇼는 말을 삼켰다가 다시 입을 열었다.

"난 널 믿어."

"믿는다고?"

"아까 말이야. 네가 능력을 써서 날 곤란하게 만든 거 알아. 근데 있지. 왜 네가 일부러 적당히 곤경에 빠뜨린 듯한 느낌이 들지? 정말로 날 망치고 싶었다면 더 확실한 방법이 많았잖아."

우리들의 꽃

전시 날 아침, 쇼쇼와 앤은 김밥과 달걀말이를 나눠 먹었다. 앤이 입을 열었다.

"어제 구지바랑 무슨 일 있었던 거지?"

"아니, 일이라니?"

쇼쇼는 아무렇지 않은 척 포크를 휘적였다.

"연기하기는. 그런 초능력 쓰는 거, 너 아니면 구지바밖에 없잖아. 그리고 둘 다 표정이 심상치 않았다고."

"어제는……."

쇼쇼가 머뭇거리자, 앤이 웃으며 말했다.

"무슨 일인지 모르겠지만, 굳이 말 안 해도 돼. 잘 지나가길 바랄게."

그들은 디저트로 초콜릿 바, 파인애플 쿠키, 젤리까지 먹었다. 앤이 중얼거렸다.

"달콤한 음식은 꼭 먹는 심리 치료 같지 않아?"

쇼쇼가 배를 퉁퉁 치며 말했다.

"많이 먹으면 몸이 젤리로 변할 거 같은데?"

앤이 푸하하 하고 크게 웃었다. 웃음이 옅어지면서 앤의 얼굴에 그늘이 어렸다.

"우리……, 대회 끝까지 함께 못 하면 어쩌지?"

"그런 걱정을 왜 벌써 해?"

"그냥, 언제가 마지막일지 모르니까."

쇼쇼가 장난스럽게 대답했다.

"나, 순간 이동할 수 있잖아. 어디에서 만날까? 말만 해."

앤이 작게 웃고는 고개를 저었다.

"내 방에는 카메라가 달려 있어. 엄마가 감시하거든. 그래서 거기는 안 되고……, 차라리 우리 아파트 계단은 어떨까? 아니면 학원 옥상……."

쇼쇼는 미소를 지었지만, 앤의 불안한 표정이 못내 걱정스러웠다. 앤이 주머니에서 손바닥만 한 종이를 꺼내 건넸다. 색연필로 그린 그림이었다.

"이건 선물이야."

그림 속에는 노을 진 바닷가를 나란히 걷는 앤과 쇼쇼가 그려

져 있었다. 쇼쇼의 머리 위에는 꽃이 활짝 피어 있었다.

"우리의 영혼이 언제라도 이곳에서 함께할 수 있으면 좋겠어. 나는 집에 돌아가면, 방 안에서 이 바다를 거닐겠지. 상상 속에서 말이야."

쇼쇼는 조용히 그림을 내려다보았다.

전시 준비를 마친 셋은 잠시 숨을 돌렸다.

"잠깐 어디 좀 다녀올게."

쇼쇼는 그렇게 말하더니, 순간 이동으로 사라졌다. 그러고는 전시장 문을 열기 직전에야 나타났다. 양손에 커다란 봉지가 들려 있었다.

"자, 이건 앤 거야."

쇼쇼가 봉지를 앤에게 건넸다. 그 안에는 딸기 마카롱, 크림떡, 솜사탕, 브라우니, 지렁이 젤리 등 디저트가 한가득 들어 있었다.

"잘 먹을게! 이가 썩어도 좋아!"

앤은 봉지를 품에 안고 신나게 테이블로 뛰어갔다. 쇼쇼는 다른 봉지를 구지바에게 내밀었다. 그 안에는 탱탱볼, 반짝이 공, 탁구공, 테니스공, 골프공, 축구공, 그리고 바람 넣는 비치볼 등 지구의 온갖 공이 담겨 있었다.

오전 9시가 되자 마침내 전시장 문이 열렸다. 관람객들이 들어오자, 셋은 긴장한 얼굴로 그들을 지켜보았다. 키오스크에서 티켓 발권 소리가 나며 화면에 '1번째 손님'이라는 글자가 떴다.

"와! 나, 오천 원 처음 벌어 봐."

앤이 기쁨에 찬 목소리로 속삭였다. 예상보다 많은 관람객들이 왔고, 키오스크 앞엔 줄이 제법 길게 이어졌다. 오후에는 반가운 손님이 들어섰다. 앤은 한걸음에 그쪽으로 달려갔다.

"리아! 주리! 어떻게 온 거야?"

"네가 전시한다고 편지를 보냈잖아. 그래서 외박권 끊었어!"

"엄마한테 꼭 보고 싶은 전시라고 하면서 엄청 졸랐지!"

리아와 주리가 어렵게 학원 수업을 빼고 왔다는 걸 듣고, 앤은 말없이 친구들 품에 안겼다. 그때 리아와 주리가 누군가를 보고 눈이 휘둥그레졌다.

구지바가 조용히 웃으며 인사했다.

"오랜만이야."

리아와 주리는 토끼눈이 되어 말을 더듬었다.

"제이……, 맞아?"

"이, 이게 어떻게 된 거야? 야, 너 그날 이후로 증발한 줄 알았잖아. 말도 없이 사라지면 어떡해!"

주리는 안 그런 척했지만, 구지바를 좋아하는 티가 많이 났다. 구지바는 작게 웃었다.

"미안, 일이 있었어. 설명하자면 길어져서……. 학원 생활은 어때?"

"똑같지, 뭐. 근데 원장이 더 간간해졌어! 냉장고에서 콜라를 싹 치웠다니까?"

"진짜? 참, 나! 본인은 커피를 하루에 열 잔이나 마시면서."

앤은 주리가 좋아하던 뿔테 안경이 구지바였다는 사실에 입을 틀어막았다. 리아와 주리, 구지바는 뭐가 그리 웃긴지 깔깔댔다. 구지바가 이렇게 환하게 웃는 건 오랜만이었다.

그리고 이백 번째 손님이 키오스크를 결제하는 순간, 쇼쇼의 귀에 반가운 방송이 들렸다.

📢 쇼쇼, 100만 원을 벌었습니다! 추적 결과, 두 명이 함께 달성했네요! 각 50만 원 수익을 인정합니다. 미션 성공입니다!

구지바도 방송을 들은 듯, 둘은 잠시 눈을 마주쳤다. 앤이 키오스크 화면을 보고는 호들갑을 떨며 달려왔다.

"우아아아! 우리가 해냈다고!"

앤이 쇼쇼와 구지바의 어깨를 차례로 붙잡고 방방 뛰었다.

4시 45분. 마침내 공연 시각이 가까워지자, 기대에 찬 관객들의 속닥이는 소리가 전시장을 가득 채웠다. 맨 앞줄에 있는 리아와 주리의 웃음소리가 유난히 크게 들렸다. 건물주 할아버지도 와서 자리를 잡았다.

쇼쇼와 앤이 무대 뒤쪽으로 발걸음을 옮기려 할 때, 전시장 문이 열리면서 누군가가 안으로 들어왔다. 앤은 그 자리에 뚝 멈춰 섰다.

"금지수, 여기 있었구나."

"엄마……, 어떻게 여기……."

앤은 겁먹은 새처럼 뒷걸음질을 쳤다. 쇼쇼는 놀라서 둘을 번갈아 쳐다보았다. 앤의 엄마는 단 한번도 앤을 '앤'이라고 불러 본 적이 없는 것 같았다.

"내가 여길 어떻게 왔는지 궁금해? 할아버지 브이로그를 봤다. 네가 웃고 떠드는 모습, 참 잘 봤어. 대체 뭘 하고 다니는 건가 싶더라."

"그뿐이에요?"

앤은 머뭇거리다 입을 열었다.

"그래도 다친 데 없어서 다행이다, 같은 말은 안 해 주나요?"

"뭐야?"

앤 엄마 눈썹이 꿈틀거렸다.

"네가 다치든 말든, 이렇게까지 나를 실망시킬 줄 몰랐어!"

앤은 입술을 꾹 깨물었다. 옆에서 분위기를 살피던 쇼쇼가 끼어들었다.

"안녕하세요? 앤의 친구, 쇼쇼입니다."

"앤?"

우리들의 꽃 137

앤 엄마는 쇼쇼를 위아래로 한번 훑어보더니, 다시 앤에게로 눈을 돌렸다.

"그놈의 빨간 머리 앤 별명을 아직도 쓰는 거야? 유치해서, 원."

앤 엄마의 목소리가 커졌다.

"그래서 지금 자랑스럽니? 이따위 것들을 하려고 중요한 방학을 낭비한 거야?"

앤은 숨을 제대로 쉬지 못했다.

"방학 얼마 안 남았어. 신경 써서 열심히 하면, 진도 금방 따라잡을 수 있을 거야."

앤 엄마는 거의 협박하듯 한마디를 덧붙였다.

"집에는 언제 올 거니?"

오늘이라고 말하지 않으면, 당장이라도 앤을 끌고 갈 기세였다. 앤은 다 죽어 가는 목소리로 말했다.

"오늘 갈 거예요."

"전시 끝나고 바로 집에 가는 거다."

"여기까지 오셨는데 전시 보고 가세요. 공연도요……."

앤 엄마는 앤을 노려보다가, 못마땅한 얼굴로 관객석 맨 뒤쪽에 앉았다. 쇼쇼가 걱정스런 얼굴로 앤에게 물었다.

"괜찮아?"

앤은 몇 번이나 가슴을 들썩이며 숨을 내쉬었다. 숨이 막히는 모양이었다.

"오늘이었네, 방학 끝나는 날."

오후 5시가 되자 전시장의 조명이 서서히 어두워졌다. 무대 한편에는 〈책상 앞, 파도가 밀려왔다〉라는 제목의 앤이 그린 그림이 큼지막하게 걸려 있었다. 핀 조명 하나가 무대 위 소녀의 방을 비추었다. 책장, 작은 침대, 스탠드 그리고 문제집이 수북이 쌓인 책상이 있었다. 관객들은 기대와 호기심이 섞인 표정으로 무대를 바라보았다.

앤이 천천히 책상 앞으로 걸어갔다. 쇼쇼는 커튼 뒤, 무대 옆 창고에서 앤을 지켜보았다.

쓸쓸한 음악이 흘렀다. 앤은 조용히 문제집을 펼쳤다. 단 한 번도 고개를 들지 않고, 문제집 사이로 얼굴을 파묻었다. 공기가 멈춘 듯 조용한 숨결들만이 공간을 채웠다.

얼마나 지났을까? 앤이 고개를 들자 머리카락이 부드럽게 흩날렸다. 쇼쇼가 염력으로 만들어 낸 연출이었다. 관객들은 어디선가 불어오는 바람에 놀라며 무대를 바라보았다. 그러는 동안 쇼쇼는 잠시 본모습으로 돌아왔다. 그 사실을 지구인들은 눈치채지 못했다.

앤의 몽롱한 목소리가 울려 퍼졌다.

"벌써 밤 12시네. 지금 당장 바다로 갈 수 있다면 어떨까? 해 질 녘 바다가 너무 보고 싶어……."

우리들의 꽃

앤의 시선이 먼 곳을 향했다.

"그곳에서는 모든 것이 느리고 고요할 거야. 공부에 쫓기지 않고, 그저 나만의 시간을 즐길 수 있는 곳……, 내가 그리워하는 바로 그곳에."

그 순간 노래가 부드럽게 바뀌었다. 쇼쇼의 손끝이 움직이자, 무대의 소품들이 마법에 걸린 듯 떠오르며 조용히 천막 뒤로 하나둘 사라졌다.

관객석에서 작은 탄성이 흘러나왔다.

잠시 후, 무대가 완벽히 어두워졌다. 얼마 지나지 않아 조명이 다시 켜졌을 때 무대는 전혀 다른 모습으로 변해 있었다.

노을빛 구름과 해변 풍경이 펼쳐졌고, 양옆으로는 야자수들이 길게 늘어졌다. 바닥에서는 잔잔한 파도가 밀려왔다가 부서졌다. 조개껍데기들도 보였다. 그 뒤에는 비스듬히 놓인 하얀 해변 의자와 밀짚모자가 있었다.

앤이 조용히 일어났다. 그리고 무대에 살며시 앉았다. 눈은 관객을 향했지만, 바다를 바라보고 있었다.

"내가 원하던 곳이야."

관객들은 숨을 삼키며 무대를 보았다.

마지막으로 책상과 의자가 스르륵 공중으로 떠오르며 천막 뒤로 사라졌다. 동시에 파도 소리가 점점 더 깊게 무대를 감쌌다.

앤은 조용히 눈을 감았다. 그리고…… 정말로 마법 같은 일이 벌어졌다. 관객들이 그 분위기에 빠져들며 하나둘 눈을 감은 것이다. 그들의 머릿속에도 저마다의 바다가 떠오르고 있을 거라고, 쇼쇼는 생각했다.

쇼쇼도 눈을 감았다. 앤과 함께 바다를 보고 있는 것만 같았다. 그는 관객들에게 따뜻한 바람을 불어넣었다. 누군가는 가만히 숨을 들이쉬었고, 또 누군가는 눈가를 살짝 훔쳤다.

'지금이다.'

같은 시각, 구지바는 천막 뒤쪽에서 쇼쇼를 주시하고 있었다. 쇼쇼의 정체를 밝히면 모든 것이 끝장날 것이다. 앤의 무대도, 쇼쇼와의 인연도.

구지바는 염력으로 커튼을 매만졌다. 커튼 뒤에서 아무것도 모른 채 본모습으로 있을 쇼쇼를 떠올리며 구지바도 서서히 본모습으로 변해 갔다. 머릿속엔 수많은 생각이 소용돌이쳤다.

'이게 내가 바라던 거잖아. 뭘 망설이고 있어?'

쇼쇼가 준 공들이 자꾸만 눈에 들어왔다. 이름도 모르는 수많은 공들. 그리운 추억을 다시 이어 가고 싶다는 마음이 담긴 선물이 가슴을 찌르듯 다가왔다.

'저딴 공들 때문에 마음이 약해진 거야?'

구지바는 자신을 다그쳤다. 쇼쇼에게 받은 상처들을 떠올렸다. 점차 커지던 질투와 외로움, 그리고 배신감.

그런데…… 쇼쇼가 공을 주며 했던 그 한마디가 지금까지 받은 모든 상처를 잠재우는 듯했다.

'하늘에서 공놀이 한판 하자. 그때처럼.'

어쩌면, 이 공들은 쇼쇼가 보내는 마지막 손짓일지도 몰랐다.

마음이 점점 요동쳤다. 그 감정이 전해져 커튼이 조금씩 들썩였다.

그 순간이었다. 앤의 목소리가 무대 위로 울려 퍼졌다.

"여기 더 있고 싶어. 더…….."

각본에 없는 대사였다.

"여기 더 있고 싶다고!"

구지바는 멈칫하며 무대를 바라보았다. 앤이 괴로운 듯 가슴을 부여잡더니 짧고 가쁜 숨을 내뱉었다.

그러더니 앤의 몸이 종이 인형처럼 옆으로 기울었다.

"뭐야?"

"연기인가?"

앞줄에 앉아 있던 리아와 주리가 불안한 눈빛으로 속삭였다. 순간 무대에 적막이 흘렀다. 건물주 할아버지가 정적을 깨고 중얼거렸다.

"연기가 아니구먼."

쇼쇼가 커튼 뒤에서 급히 뛰쳐나갔다. 구지바도 무대로 달려나갔다. 리아와 주리도 자리에서 벌떡 일어나 놀란 얼굴로 무대 위로 올라갔다. 관객들은 무슨 일이 벌어진 건지 이해하지 못한 채 술렁였다.

쇼쇼는 바닥에 쓰러진 앤의 몸을 흔들었다.

"앤? 앤!"

리아가 하얗게 질린 얼굴로 소리쳤다.

"숨을 제대로 못 쉬는 거 같아!"

앤의 어깨가 가쁘게 들썩이더니 몸이 힘없이 축 늘어졌다. 관객석에 있던 앤의 엄마가 비명을 지르며 무대로 달려 나왔다. 냉정했던 모습은 온데간데없었다. 공포로 일그러진 얼굴로 악을 쓰듯 소리쳤다.

"지수야! 정신 차려! 누가 신고 좀 해 줘요. 119!"

구지바의 마음이 뻐근하게 죄어 왔다. 만약 커튼을 열어 버렸다면 모든 게 엉망이 되었을 것이었다. 쇼쇼가 앤의 손을 꼭 잡고 있는 모습을 보며 깊은 죄책감이 몰려 왔다.

'내가 방금 무슨 짓을 하려 한 거지?'

우정을 진짜로 완전히 끝낼 뻔했다는 생각에 마음이 무거워졌다. 구지바는 우주에 대고 빌었다. 앤이 무사하게 해 달라고.

얼마 후 구급차가 도착했다. 쇼쇼가 울고 있는 리아와 주리에게 말했다.

"내가 병원에 따라갈게."

쇼쇼는 차가워진 앤의 손을 꼭 잡았다. 왠지 앤은 깨어나고 싶지 않은 것처럼 보였다.

의사의 미간에 약간의 주름이 잡혔다.
"검사 결과, 특별한 신체적 이상은 없습니다. 갑작스러운 스트레스 반응, 그러니까 공황 발작 중세로 보입니다."
앤 엄마가 떨리는 목소리로 물었다.
"그럼 앞으로 어떻게 해야 하나요? 언제 깨어나죠?"
"우선 진정제를 투여했으니, 한두 시간 정도 깊은 잠을 잘 겁니다. 깨어난 후에는 마음을 안정시키는 것이 가장 중요합니다."
앤이 잠든 동안, 쇼쇼와 앤 엄마는 복도 의자에 나란히 앉았다. 앤 엄마는 한숨을 쉬며 쇼쇼에게 물었다.
"지수 친구라고?"
"네."
"지수 친구들은 내가 다 아는데, 처음 보는 얼굴이네. 학교 친구? 아니면 같은 학원?"
쇼쇼는 침착하게 거짓말을 했다.
"학원 친구예요."
앤 엄마는 눈썹을 좁히며 쇼쇼를 유심히 바라보았다.
"혹시…… 지수가 집을 나와서 어떻게 지냈는지 알 수 있을까? 잠은 어디서 잤고, 뭘 했는지."
쇼쇼는 시선을 피하며 대답했다.

"서울에 친구가 있어서 그 집에서 머물렀다고 들었어요."

"서울 친구? 누구?"

"그 친구도 학원 친구예요."

"도대체 누군지……. 아무튼 알려 줘서 고마워."

쇼쇼는 잠깐 뜸을 들이다가 말했다.

"앤이 뭘 했는지 물으셨죠? 상점도 구경하고, 자전거도 탔어요. 무작정 지하철에 올라타기도 하고, 디저트를 마음껏 먹기도 했고요. 가끔은 아무것도 안 하고 그냥 푹 쉬기도 했어요. 전시 준비도 정말 즐겁게 했고요. 앤은…… 상상력이 참 풍부하거든요."

"참, 이것저것 많이도 했네."

앤 엄마는 쓴웃음을 지었다.

"애들은 꼭 이래. 눈앞의 즐거움에만 몰두하고, 앞날은 생각도 안 하지."

앤 엄마가 쇼쇼를 보더니 물었다.

"내가 너무 꽉꽉하다고 생각하니?"

"이해합니다. 저도 스스로에게 그렇게 대했거든요."

앤 엄마는 그 말을 듣고 얼굴이 굳었다가 지친 목소리로 말했다.

"지수는 똑똑한 애야. 그래서 더 욕심이 나는 거고. 지금은 공부하느라 힘들어도, 나중에 대학 잘 가고 괜찮은 직장 가지면……, 내 마음 이해해 주겠지."

쇼쇼는 그녀의 얼굴을 뚫어지게 보았다. 과거의 자신과 마주친 듯했다. 그 강렬한 욕망과 신념. 그것이 얼마나 꺾이기 어려운 것인지 잘 알고 있었다.

"꽃을 가꿔 보신 적 있나요?"

앤 엄마는 뭘 그런 걸 묻냐는 표정을 지었다.

"가꿔 본 적 있지. 근데 이상하게 다 죽더라고. 그건 왜 묻니?"

"한 생명을 가꾼다는 건, 생각보다 더 섬세한 일인 것 같아서요. 저도 꽃을 가꿔 본 적이 있어요. 화려하고 아름다운 꽃이었어요. 그런데 시간이 지나면서 점차 시들었어요. 나중에서야 알았어요. 아무리 화려한 꽃이라도 뿌리가 건강하지 않으면 시든다는걸요. 사실, 꽃이 시들기 전에 신호가 있었어요. 잎이 말라 가고, 향기도 이상해졌죠. 저는 늦게나마 그 꽃을 돌보기 시작했어요."

앤 엄마는 쇼쇼의 눈을 빤히 바라보았다.

"꽃을 가꾼다는 건 그런 거잖아요. 적절히 돌봐 주고, 지켜보는 거요……. 지금도 늦지 않았어요."

"난 지수에게 최선을 다하고 있어! 최선을!"

앤 엄마는 순간적으로 감정이 북받친 듯 목소리가 흔들렸다.

"누구보다도 지수를 사랑한다고!"

"앤도 그 마음을 알고 있을 거예요."

"……."

앤 엄마는 눈가를 살짝 붉히더니, 고개를 떨구며 깊은 한숨을 내쉬었다.

앤이 잠든 모습을 보며 쇼쇼의 어깨가 축 처졌다. 아까부터 밀려오는 죄책감이 쇼쇼의 마음을 짓눌렀다. 병원 복도를 걸으며 생각에 잠겼다.

'다 나 때문인 걸까.'

문득 창밖을 보다가 전시장이 떠올랐다. 쇼쇼는 곧장 그곳으로 순간 이동했다. 전시장에 도착하자, 그림을 떼고 있던 구지바가 흠칫 놀랐다. 구지바는 어딘가를 눈짓으로 가리켰다. 리아와 주리가 빗자루질을 멈추고 다가왔다.

그러고는 리아가 이상하다는 듯 물었다.

"쇼쇼? 언제 온 거야? 문 여는 소리 못 들었는데."

쇼쇼는 그제야 전시장 한가운데로 순간 이동했다는 걸 알아차렸다. 정말이지 정신이 하나도 없었다. 다행히 관람객들은 모두 돌아간 뒤였고, 리아와 주리도 쇼쇼의 본모습은 보지 못한 눈치였다.

쇼쇼는 애써 태연하게 말했다.

"방금 왔어. 너무 조용히 들어왔지?"

"휴우, 앤 엄마랑 통화했어. 링거 맞고 잠들었다며?"

"응, 깨어날 때까지 시간이 좀 걸릴 거래."

리아와 주리는 말없이 서로를 보며 한숨을 내쉬었다.

"앤 엄마가 여기까지 오실 줄은 몰랐어."

"앤 쓰러졌을 때, 세상이 멸망한 것처럼 소리 지르시더라."

둘은 빗자루를 다시 들어 말없이 바닥을 쓸기 시작했다.

몇 시간 후, 쇼쇼와 구지바는 마지막 그림을 떼고 바닥에 털썩 주저앉았다. 쇼쇼는 입꼬리를 힙겹게 올렸다.

"수고했어."

구지바가 그를 흘깃 보며 말했다.

"얼굴이 은하 폭풍에 휩쓸린 것 같네."

"나 때문인 것 같아서. 내가 앤의 그림을 현실로 만들자고 해서 이런 일이 벌어진 걸까. 내가 그러지 않았더라면……."

"네 탓이 아니야. 터질 일은 언젠가 꼭 터지니까."

"위로 고마워."

쇼쇼가 살며시 미소 지었다. 그런데 리아가 심각한 표정으로 전화를 받았다.

"네……, 네. 알겠어요. 너무 걱정하지 마세요."

곁에서 대화를 듣던 주리의 표정도 점점 굳어 갔다.

쇼쇼는 불안한 얼굴로 다가가 물었다.

"왜 그래? 무슨 일이야?"

"앤 엄마랑 통화를 했는데, 앤의 상태가 생각보다 많이 불안정하대. 아직도 못 깨어나고 있나 봐."

그 말을 듣는 순간, 쇼쇼의 마음이 철렁 내려앉았다. 마음속 별들이 한순간에 꺼져 버린 것 같았다. 바로 그때, 전시장의 조명들이 폭풍 속 촛불처럼 깜빡거리기 시작했다.

"갑자기 조명이 왜 이래?"

"좀 무서운데……?"

리아와 주리는 두려운 표정으로 서로의 손을 꼭 잡았다.

"너, 지금……."

구지바는 천장을 쳐다보다가 쇼쇼에게 시선을 옮겼다. 쇼쇼가 감정을 제어하지 못하고 무의식적으로 염력을 발휘하고 있었다. 쇼쇼는 자신이 무슨 짓을 저질렀는지 뒤늦게 깨닫고선 그 자리에 얼어붙었다.

"아……."

염력을 써 버린 이상, 곧 리아와 주리 앞에 본모습이 드러날 터였다. 키가 거인만 하고, 지구인과는 전혀 다른 외계인의 모습으로…….

'이렇게 대회에서 탈락하는 건가?'

그러나 구지바가 재빨리 쇼쇼 앞으로 다가와 그의 몸을 가려 주었다. 구지바는 곧바로 천장을 향해 손을 뻗었다. 깜빡이던 조명들이 일제히 환하게 켜지면서 전시장은 다시 평온을 되찾았다. 그 대가로 구지바의 본모습이 드러나 버렸다. 뒤에 있던 쇼쇼가 깜짝 놀라 소리쳤다.

"야! 너, 뭐 하는 거야? 왜 나 대신……!"

"가만있어."

구지바가 단호하게 말했다. 리아와 주리가 제발 구지바 쪽을 보지 않길 바랐지만, 그건 불가능한 일이었다. 둘은 곧, 높은 소리를 내는 지구 동물처럼 비명을 질렀다. 게다가 겁에 질린 채 그 말을 했다.

"외, 외계인이세요?!"

"딱, 딱 봐도 외계인이야!"

쇼쇼는 눈을 질끈 감았다. 그리고 몇 초 후, 구지바는 다시 지구인의 모습으로 돌아왔다. 그 모습을 본 리아와 주리는 중심을 잃고 주저앉았다.

"놀라게 해서 미안해."

구지바가 그들에게 손을 내밀었다. 둘은 얼떨떨한 얼굴로 그의 손을 잡고 일어났다. 구지바는 귀에서 방송이 들리는지 고개를 기울였다.

"탈락했네. 삼 분 안에 요원들이 도착한대."

리아의 목소리가 떨렸다.

"요원? 너, 대체 누구야?"

주리가 울먹이며 물었다.

"〈맨인블랙〉 같은 거니? 착한 외계인이야?"

"자세히 설명하고 싶지만 시간이 없네. 나, 외계인 맞아. 착한 지는 모르겠고."

구지바의 말에 둘은 입을 떡 벌렸다.

"리아, 주리야! 밖에 나오지 마. 곧 무시무시한 요원들이 올 테니까!"

그러고서 구지바는 쇼쇼의 손을 잡고 전시장을 빠르게 빠져나왔다. 쇼쇼가 다급히 말했다.

"내가 요원들한테 잘 얘기해 볼게. 내가 실수한 건데, 네가 날 감싸 주려다 그런 거라고 말하면……."

구지바는 조금 후련한 표정으로 말했다.

"미안해하지 마. 내가 하고 싶어서 그런 거니까."

"뭐?"

그 말에 쇼쇼는 망치로 한 대 맞은 거 같았다.

"그때 앤이랑 계단에 있을 때 밀친 거, 이걸로 갚을게. 지금까지…… 많이 미워해서 미안해."

그 진심 어린 고백을 들으며, 쇼쇼는 목이 간지러워지는 걸 느꼈다. 목을 가다듬으며 어떤 말을 할까 고민하다 이렇게 물었다.

"그럼 이제 나랑 공놀이하는 거야?"

구지바가 피식 웃었다.

"모르겠는데."

"에? 모르겠다니!"

쇼쇼는 멋쩍게 웃다 말고 잠시 눈을 떨궜다.

"나, 사실, 말 안 한 게 있어."

"뭔데?"

"학교 다닐 때…… 매일 불안했어. 속이 울렁거릴 정도로. 그럴수록 더 앞만 봤어, 진짜 지독하게."

"네가? 불안했다고?"

"금월 가문 애들이랑 나를 비교한 것도 있었지만, 그게 다는 아니었어. 앞날은 막막했지, 성적은 잘 나와야 했지……. 그렇게 쫓기듯 살았거든. 아마 그때부터였던 것 같아. 내 꽃이 시들기 시작한 게."

구지바가 쇼쇼를 물끄러미 바라보았다.

"네 꽃은 당연히 활짝 피어 있을 줄 알았어……. 왜 그렇게 믿었는지는 모르겠지만……."

"행복한 척 잘하잖아, 내가."

쇼쇼가 슬쩍 미소 지었다.

"사실…… 빛의 강이 흐르던 날, 그 언덕에 갔어. 모임 중에 몇 번 빠져나와서. 근데 넌 계속 없더라."

"……왔었다고?"

구지바의 숨소리가 살짝 떨렸다.

"나도 갔었어. 집에 있었는데, 틈날 때마다 순간 이동했거든.

혹시 몰라서……."

"엇갈렸네, 우리."

쇼쇼가 작게 웃었다.

그 짧은 대화가 둘 사이의 오래된 틈을 메웠다. 그들이 뭔가를 더 말하려는 순간, 허공에서 빛이 번쩍였다. 두 명의 요원이 눈앞에 나타났다. 한 요원이 말했다.

"구지바 님, 대회에서 탈락했습니다. 마무리를 위해 협조 부탁드립니다."

"네."

요원들은 기다란 지팡이를 꺼내 구지바의 슈트를 훑기 시작했다. 지팡이 끝에서 뿜어져 나오는 빛줄기가 요리조리 움직이다가 전시장 쪽으로 들어갔다. 정체를 눈치챈 지구인을 감지하는 장치처럼 보였다. 요원들이 말했다.

"지구인들의 기억에서 구지바 님 관련 정보는 모두 삭제했습니다."

"구지바 님, 같이 가시죠."

구지바가 물었다.

"저, 전시장에서 챙길 게 있는데, 그것만 가지고 와도 될까요?"

"좋습니다. 단, 우리가 동행하겠습니다."

요원 두 명이 곧바로 구지바의 양옆에 섰다.

리아와 주리는 전시장 안에서 어리둥절한 표정으로 주위를 둘러보고 있었다.

"우리……, 지금 뭐 하고 있었지?"

"되게 신기한 일이 있었던 것 같은데. 어? 누구세요?"

주리가 막 문을 열고 들어온 구지바와 요원들을 보며 물었다. 기억이 정말 지워진 듯했다. 구지바는 리아와 주리에게 인사했다.

"잘 있어, 지구인 친구들. 너희는 날 기억 못 하겠지만, 우리는 꽤 친했고, 또 즐거웠어. 덕분에 지구가 무척 마음에 들었어. 이제 안녕!"

구지바의 인사를 들은 리아와 주리가 혼란에 빠진 사이, 구지바는 무언가를 후다닥 챙겨 나왔다.

그리고 요원들과 순간 이동으로 사라지기 전, 쇼쇼를 향해 봉지를 흔들었다. 공이 가득 담긴 봉지였다.

"이거 갖고 간다."

쇼쇼와 구지바는 서로의 얼굴을 보며 환한 웃음을 터트렸다.

"수고했다. 힘들었지?"

엄마가 앤의 머리를 쓰다듬으며 말했다.

"괜찮아요. 저 때문에 걱정 많으셨죠?"

"당연하지."

엄마는 다정하게 말을 이었다.

"원기 회복하려면 좀 챙겨야지. 한의원에 침이랑 약제 예약해 놨어. 엄마가 준비한 건 여기까지야. 그다음은 네가 결정해."
"네?"
"지수가 알아서 해 보라는 말이야. 하고 싶은 것도 좀 하고."
엄마가 살짝 미소 지었다.
"정……말요?"
"그래, 이제 너무 공부만 하지 마."
앤은 그 말이 얼마나 반가웠는지 자신도 모르게 흥분해서 말했다.
"그럼 주말에 친구들이랑 놀아도 돼요? 소설 봐도 돼요? 게임 해도 되고요?"
"맘대로 해."
"고마워요. 진짜 많이요! 정말요!"
앤은 침대에서 들썩이며 말했다.
"왜 갑자기 변하신 거예요?"
"엄마도 무척 노력 중이야. 우리 예쁜 꽃 시들지 말라고."
엄마는 앤을 꼭 안아 주었다.
"집에 갈 준비하고 있어. 진료비 좀 내고 올게."
엄마가 나가자, 곧바로 쇼쇼가 커튼을 젖히고 들어섰다.
"기다렸잖아!"
앤은 침대에서 벌떡 일어났다. 쇼쇼는 앤을 꼭 껴안았다.

우리들의 꽃 155

"다행이야, 깨어나서."

"내가 많이 걱정시켰네. 미안······."

"근데 급하게 오느라 과일을 못 사 왔어."

"그런 생각도 하고. 지구인 다 됐는데?"

쇼쇼가 웃자, 앤도 따라 웃었다.

"그런데 참, 전시장은 어떻게 됐어? 나 때문에 엉망이 됐지?"

"걱정 마, 잘 정리됐어."

쇼쇼가 뜸을 들이며 덧붙였다.

"구지바가 나 대신 정체를 들켰어. 리아와 주리는 이제 구지바를 기억하지 못해."

앤은 모든 이야기를 듣고 놀람과 안타까움이 뒤섞인 표정을 지었다.

"근데 구지바, 좀 멋있네?"

"멋있지. 누구 친구인데?"

앤은 고개를 끄덕이며 활짝 웃었다.

"있잖아, 쇼쇼는 지구에 다시 올 수 있어?"

"우리 은하엔 지구로 오는 대중 우주선이 아직 없어. 하지만 이번 대회도 열렸고, 교통 관리국에서 긍정적으로 검토할 수도 있어. 시간이 좀 걸리겠지만."

"내가 어른이 됐을 때 오려나? 아니면 할머니쯤?"

"네 얼굴에 주름이 가득해도 내가 꼭 알아볼게."

"뭐래! 난 주름 많이 없을 거거든!"

둘은 서로의 얼굴을 마주 보며 크게 웃었다. 그러다 앤이 목멘 목소리로 말했다.

"……쇼쇼와 함께한 방학이 너무 짧았어."

쇼쇼는 앤을 가만히 바라보았다. 앤이 아니었다면 대회에서 진작 탈락했을지도 모른다. 그동안 앤은 쇼쇼의 마음을 부드럽게 어루만져 주었다.

"잠깐만."

쇼쇼는 주머니를 뒤적여 앤이 준 그림을 꺼냈다. 그림에서 한동안 시선을 떼지 못하던 쇼쇼가 천천히 입을 열었다.

"눈 감아 봐."

"눈을?"

"어서."

쇼쇼가 조심스럽게 앤의 눈을 가렸다.

어느 순간…… 거짓말처럼 파도 소리가 앤의 귀에 들렸다. 쇼쇼가 앤의 눈앞에서 손을 떼자, 앤은 깊은 감동에 젖어 숨을 내쉬었다.

노을빛이 흘러내리는 바다가 끝없이 펼쳐져 있었다. 해변에서는 사람들이 마치 꿈속처럼 평화롭게 거닐고 있었다.

앤이 수천 번 상상해 온 바로 그 모습이었다!

"아아……."

그리고 쇼쇼는 본모습으로 돌아갔다.

산책하던 커플은 놀라서 바닥에 주저앉았고, 모래성을 쌓던 아이는 "와우!" 하고 감탄했다. 선베드에서 쉬던 여자는 놀란 듯 몸을 벌떡 일으켰다. 이곳은 유럽의 어느 해변 같았다. 여러 웅성거림 속에서 쇼쇼는 이 말을 또렷이 들었다.

"당신, 외계인이에요?"

"이런, 들켰네요. 하지만 후회는 없어요. 바다가 너무 멋지거든요."

쇼쇼는 앤을 향해 미소를 지었다.

곧이어 쇼쇼가 지구인의 모습으로 바뀌자, 사람들은 한 번 더 깜짝 놀랐다. 쇼쇼가 앤에게 물었다.

"앤, 여기 맞아? 그림이랑 비슷한 곳을 골랐는데."

앤은 두 손으로 입을 막고 어쩔 줄 몰라 했다.

"설마……, 나 때문에 순간 이동한 거야?"

쇼쇼의 귀에는 아까부터 계속 방송이 들렸다.

📢 쇼쇼 님, 방금 지구인 15명에게 정체가 드러났습니다.
　쇼쇼 님, 방금 지구인 27명에게 정체가 드러났습니다.

누군가는 휴대폰을 꺼내 들고 쇼쇼와 앤을 찍기 시작했다.

"일단 여기에서 벗어나자!"

그들은 서둘러 뛰었지만, 사람들은 둘의 뒤를 바짝 따라왔다. 쇼쇼는 순간적으로 앤과 함께 하늘로 떠올랐다.

"어어!"

"뭐야!"

밑 쪽에서 놀란 외침이 연거푸 터져 나왔다.

📢 쇼쇼 님, 방금 지구인 182명에게 정체가 드러났습니다.

'만약 지구인에게 들킨 횟수로 우승하는 대회였다면, 내가 확실히 일등을 했을 텐데.'

그들이 도착한 곳은 해변의 끝자락이었다. 주위에 인기척이 전혀 없었다. 앤이 흥분한 목소리로 말했다.

"대회 탈락했겠네! 왜 그랬어, 바보같이!"

"방학이 짧다며? 추억이라도 남기고 싶어서 그랬어."

그렇게 말하는 쇼쇼의 얼굴이 노을에 비쳐 황홀하게 빛났다.

"너, 정말⋯⋯. 그럼 이제 어떻게 되는 거야?"

"요원들이 곧 올 거야. 이 분 정도 남았어."

앤은 모든 걸 내려놓은 표정으로 쇼쇼의 손을 잡았다.

"나, 해 질 녘 바다를 이렇게 걸어 보고 싶었어."

"좋아, 나도 걷고 싶었어."

둘은 신발을 벗고 파도가 아슬아슬하게 스치는 모래밭을 걸었다. 모든 감각이 완벽한 순간. 둘은 누가 먼저랄 것도 없이 "와아아아!" 하며 바다로 뛰어들었다. 물방울이 햇빛에 반짝였다. 두 사람의 웃음소리가 파도에 섞여 날아갔다. 앤은 모래 속에 반쯤 파묻힌 돌멩이를 주웠다. 그리고 주머니에 소중히 넣었다.

"그걸 왜 가져가?"

쇼쇼가 물었다.

"이 순간을 기억하고 싶어서. 이 돌멩이를 보면, 지금의 우리가 생각날 것 같아. 그리고 쇼쇼의 꽃까지."

"내 꽃?"

"아까 본모습으로 돌아갔을 때 봤어. 네 꽃이 정말 아름답게 피어 있던데!"

쇼쇼는 공중에 살짝 떠오르며 본모습으로 돌아가 보았다. 손끝이 꽃에 닿는 순간 부드러운 감촉이 느껴졌다. 힘없이 시들어 있던 꽃은 이제 생명력을 가득 머금고 있었다. 꽃잎 하나하나가 당당하게 펼쳐져 있었고, 중심부는 단단하게 빛났다.

"잊고 있었어. 꽃이 다시 피어날 줄은 몰랐거든……"

쇼쇼는 떨리는 손끝을 바라보았다. 앤이 다정하게 말했다.

"어쩌면 네 꽃은 이렇게 다시 피어나기를 기다리고 있었던 건지도 몰라."

그때 허공이 번쩍이며 요원 두 명이 나타났다. 앤은 깜짝 놀라 쇼쇼의 옷자락을 붙잡았다.

"쇼쇼 님, 대회에서 탈락했습니다. 마무리를 위해 협조 부탁드립니다."

요원들은 지팡이로 쇼쇼의 슈트를 훑었다. 지팡이의 빛줄기가 해변가를 향해 사방으로 뻗어나갔다.

"지구인들의 기억에서 쇼쇼 님과 관련된 정보는 모두 삭제했습니다."

그런데 지팡이의 빛줄기는 앤을 피해 갔다. 요원들이 의아해했다.

"저 지구인은 쇼쇼 님의 정체를 알고 있습니까?"

"네, 알아요."

"그렇다면 '외계인이다!' 같은 말을 내뱉지 않아서 기억이 삭제되지 않았군요. 지금 직접 조정하겠습니다."

요원이 지팡이를 들자, 쇼쇼는 재빠르게 앞을 가로막았다.

"잠시만요!"

쇼쇼가 다급히 외쳤다.

"이 지구인은 제 친구에요! 기억을 갖고 있어도 아무 문제 없습니다!"

"그 정보를 다른 지구인에게 전할 잠재적 위험이 있습니다."

"이미 일부 지구인들은 외계인의 존재를 알고 있잖아요. 이 친구도 그중 하나일 뿐이에요!"

앤도 간절한 눈빛으로 애원했다.

요원들은 난감한 표정으로 서로를 바라보았다. 그 순간, 허공에 빛이 번쩍하며 누군가 나타났다.

"다행히 늦지 않았군."

그를 본 요원들이 경건하게 인사했다.

"별의 빛이시여!"

"위원장님? 여기에 어떻게……?"

쇼쇼는 놀란 눈으로 그를 쳐다보았다. 위원장은 반갑게 쇼쇼의 손을 덥석 잡았다.

"자네가 대회에 탈락한 걸 알고 마중 나왔네."

쇼쇼는 '왜 그렇게까지?'라는 표정을 지었다.

그러자 위원장이 섭섭하다는 듯 웃으며 말했다.

"우리는 제법 친한 사이로 알고 있었는데."

쇼쇼가 얼떨결에 대답했다.

"아, 그렇죠. 맞습니다."

요원들은 위원장에게 쇼쇼의 상황을 보고했다. 위원장은 쇼쇼와 앤을 번갈아 보더니 큰 소리로 웃었다.

"아하하하! 지구인 친구라?"

"어떻게 할까요?"

"냅두게."

위원장이 손을 내저었다.

"대회 규칙에 어긋나는 건 없어. 게다가 이건 '지구인으로 살아 보기 대회'야. 지구인과 우정을 맺은 것도 큰 성과지."

그 말에 쇼쇼와 앤은 긴장감을 풀었다.

"이해해 주셔서 감사합니다."

"그럼 돌아가서 차나 한잔하지. 지구에서의 이야기를 자세히 듣고 싶군."

"네, 물론이죠."

쇼쇼가 대답했다.

"그런데 위원장님, 잠시만 이곳에서의 시간을 마무리해도 될까요? 숲속의 텐트가 그대로 있고, 친구도 병원에 데려다줘야 합니다."

위원장은 고개를 끄덕이며 말했다.

"그래. 원래는 요원이 동행해야 하지만, 이번만큼은 생략하겠네. 친구와 마지막 인사 잘 나누게."

"고맙습니다."

쇼쇼는 고개를 숙여 인사했다.

"정리가 되면 다시 만나지."

위원장과 요원들은 그 자리에서 사라졌다.

숲속에 도착한 둘은 짐들을 하나씩 정리했다. 앤이 물었다.

"텐트는 어떻게 하지?"

"내가 가져갈게. 이 정도는 양해해 주실 거야."

잠시 후, 둘은 정리된 짐을 말없이 바라보았다. 이윽고 쇼쇼가 입을 열었다.

"그럼 이제…… 병원으로 가야겠지."

앤은 금방이라도 울 것 같은 얼굴로 대답했다.

"보내기 싫어……."

"앤……."

쇼쇼는 조심스럽게 앤의 두 손을 잡았다.

"앤, 영원히 내 친구가 되어 준다고 맹세해 줄래?"

"응?"

"내가 먼저 맹세할게. 지구가 사라지지 않는 한, 나의 친구 앤에게 진실하고, 우리가 함께 쌓아 온 추억들을 깊이 간직할 것임을 엄숙히 맹세한다."

"서약이잖아?"

"책 읽었어. 앤이 가장 좋아하는 책이잖아.《빨간 머리 앤》."

앤은 눈물이 그렁그렁한 눈으로 쇼쇼를 바라보았다.

"나도 맹세할게. 지구가 사라지지 않는 한, 나의 친구 쇼쇼에게 진실하고, 우리가 함께 쌓아 온 추억들을 깊이 간직……."

앤은 말을 잇지 못하고 숨결처럼 여리게 속삭였다.

"그런데, 그런데…… 네가 많이 보고 싶을 땐 어떻게 하지?"

작은 별빛처럼 반짝이며 고여 있던 눈물이 앤의 뺨을 타고 흘러내렸다. 쇼쇼는 살며시 그 눈물을 닦아 주고는 말했다.

"그럴 땐 우리, 상상 속에서 만나자."

쇼쇼의 눈에도 별빛이 고였다.

"좋은 방법이야."

"잘 있어, 앤."

"잘 가, 내 친구 쇼쇼."

"어머, 깨어났네! 선생님! 지수 깨어났어요!"

엄마가 다급하게 외쳤다.

앤은 눈을 떴다. 눈앞에 하얀 천장이 어지럽게 흔들렸다. 의사가 다가와 심박수를 확인하는 동안, 꼭 꿈을 꾸는 듯한 기분이었다. 주머니로 손을 뻗었다. 손끝에 차갑고 매끄러운 돌멩이가 닿았다. 그 감촉이 앤을 현실로 끌어당겼다.

앤은 돌멩이를 꼭 쥔 채 눈을 감았다. 쇼쇼와 함께했던 기억들…… 모두 진짜였다.

"엄마, 저 때문에 걱정 많으셨죠?"

"당연하지. 좀 괜찮니? 응?"

"네, 괜찮아요."

엄마는 눈물을 닦았다.

"그래, 다행이다."

"저, 엄마한테 할 얘기가 있어요. 아주 길지도 몰라요."

"길어도 돼. 천천히 다 들어 줄게."

"고마워요. 그런데 엄마, 저 왠지 앞으로 더 괜찮아지고, 더 행복해질 것 같아요."
"정말 그랬으면 좋겠다, 엄마도."

쇼쇼는 오랜만에 집으로 돌아왔다.
지구에서 가져온 텐트를 한쪽에 펼쳐 놓고 앤이 그린 그림을 애틋하게 바라보았다. 그러고는 가방을 정리하다가 깜짝 놀랐다. 상점에서 산 물건들 외에도, 온갖 것들이 가방 속에 들어 있었다. 앤의 붉은 노트, 《빨간 머리 앤》 책, 전단지, 마시멜로, 고양이 파자마, 식물 잎사귀 몇 개, 동네에서 주운 새털, 이름 모를 씨앗이 담긴 병, 그리고 꼬깃꼬깃해진 앤의 버킷 리스트 종이까지. 이 모든 걸 앤이 몰래 넣어 둔 모양이었다.
붉은 노트를 펼치자, 짧은 글이 눈에 들어왔다.

이걸 볼 때마다 우릴 떠올렸으면 좋겠어. 우리가 함께한 순간들을.
─너의 영원한 친구 앤

쇼쇼는 고요히 웃음 지었다.
앤이 담아 낸 추억들을 집에서 가장 잘 보이는 선반에 올려놓았다.
"정말정말 마음에 들어."

별의 친구들이여, 158일간 치열한 경쟁 끝에 막을 내린 '지구인으로 살아 보기 대회'의 결과를 전해 드립니다.

우승자는 비기 행성 출신으로, 정체를 들키지 않고 완벽히 적응한 참가자입니다. 그는 지구에서 잘 지내는 법을 이렇게 남겼습니다.

'조금씩, 천천히 지구인처럼 행동하라!'

그리고 그에게 주어지는 우승 상품은······.

'지구의 특별한 물건들'이라는 우승 상품은 전시관에 둘 만한 찬란한 보석이나 진귀한 소장품이 아니었다. 그것은······ 지구에서 누릴 수 있는 작은 기쁨들로 가득한 초대장이었다!

별빛이 흐드러지는 저녁 공원에서의 소풍, 동네 작은 카페에서 즐기는 향긋한 차와 달콤한 케이크, 조용한 시골에서 맛보는 정성 가득한 가정식과 느긋한 하루······. 그리고 그 모든 순간은 외계인의 존재를 알고 있는 지구인과 함께한다고 했다.

쇼쇼의 얼굴에 넉넉한 미소가 퍼졌다.

"이런 상품이야말로 진짜 보물이지."

지구에서 진짜로 살아 본다는 건 이런 거라고. 어쩌면 이런 경험을 원했기 때문에 그동안 공허했던 것 아닐까. 마음을 채우는 건 거창한 게 아니라 이런 작은 순간들일지도 몰랐다.

우리들의 꽃

앤, 그리운 앤……!

"쇼쇼! 내 생각 나서 울고 있는 건 아니지?"

앤의 목소리가 귓가에 스치는 듯했다. 쇼쇼는 작게 웃었다. 오늘은 마음껏 게으름을 부려야겠다고 생각했다.

할 일은 여전히 많지만, 오늘 꼭 해야 하는 건 아니니까.

쇼쇼는 도시락을 싸서 우주선에 탔다. 그리고 예전부터 가 보고 싶던 행성으로 향했다.

두 개의 해가 저물고, 바다가 연분홍색으로 반짝이는 고요한 행성.

쇼쇼는 바위에 앉아 바다를 오래도록 바라보았다. 머리 위에 피어난 꽃이 바람에 살랑이며 춤을 추었다.

그는 살며시 눈을 감았다. 어느새 앤이 곁에 있었다.

"앤, 그동안 잘 지냈어?"

"물론이야. 네가 많이 보고 싶었어."

"나도 마찬가지야."

"이렇게라도 만날 수 있어서 기뻐."

"고마워. 앤, 눈을 감고 상상하는 법을 알려 줘서."

"언제든지 또 만나자."

쇼쇼는 이 순간들을 고이고이 마음속에 담아 두었다.